illustration ／ TSUBASA MYOHJIN

LAPIS LABEL

ルール違反も恋のうち

Story by Shinobu Mizushima

水島 忍

イラストレーション／明神 翼

目次

※本作品の内容はすべてフィクションです。

それは日曜日の午前中のことだった。

翔鳳《しょうほう》学園高等部の寮は、本来ならもっと静かだ。というのは、日曜の朝は遅くまで寝てる奴が多いからだ。

なのに、なんだかオレ——千原大河《ちはらたいが》の部屋ではガタガタうるさい音がするんだよ。

オレはまだベッドの中だ。同じ一年のルームメイトと二人部屋だから、当然、そいつが音を立ててるって思うよな。

オレは眠くて目を開けるのも嫌だったから、布団をかぶったままで、そいつに文句《もんく》を言った。

「安眠妨害《あんみんぼうがい》だぞ！　静かにしろ！」

音はやっと止んだ。

だけど、代わりにオレのベッドがきしむ音を立てた。そいつがオレのベッドに体重をかけたってわけだ。

なんだよ、何か文句があるって言うのか。

オレはムッとして、布団《ふとん》から顔を出し、再び怒鳴《どな》ろうとした。

「コノ……」

もちろん、言いたかったのは「コノヤロウ」だ。でも、オレはその続きを言えなかった。

オレの目の前には、ルームメイトじゃない顔があったからだ。見知らぬ顔じゃない。それどころか、よーく知ってる顔だ。毎日毎日、オレにくだらない小言を言ってる奴だよ。

二年の甲斐《かい》京介《きょうすけ》。この学園寮の寮自治会メンバー。そして、副寮長でもある甲斐だ。身長が高くて、いつも姿勢がいい。硬派な感じと軟派な感じがほどよくミックスした、さわやか系の男前なんだ。寮長の幸村《ゆきむら》隼人《はやと》と共に、この寮ではすごく人気がある。

ただし。

オレは大っ嫌いだけどね。

「……なんで、あんたがここにいるんだよっ」

オレは思いっきり甲斐をにらみつけた。

甲斐はオレが自分を嫌ってるのを知っていながら、ニヤッと笑い、少し長めの前髪をかき上げた。

「今日から俺が君のルームメイトだ。よろしく」

「えっ……」

一瞬、ポカンと口を開けたまま、オレは甲斐の顔を見つめていた。

オレのルームメイトは同じ一年生だよ。部屋替えは確か一年間はないはず。今はまだ十一月なのに、どうしてこんな奴がいきなりやってきて、オレのルームメイトだって言うわけ？

何かの冗談？　嘘？

「な、なんで……」

オレは開けっ放しになってた口を動かして、やっとそれだけ言った。なのに、甲斐のヤロウは涼しげな顔でにっこり微笑《ほほえ》みながら、こう言ったんだ。

「君のルームメイトと部屋を換《か》わってもらった。君の躾《しつけ》をしてあげるためにね」

「オレの躾ってなんなんだよっ？　オレは今更あんたに躾なんかしてもらわなくても大丈夫だぜ！」

「そうかな」

甲斐は余裕《よゆう》のある態度《たいど》で笑みを浮かべる。

「毎日の寮則破《やぶ》り。これ以上、見逃《みのが》すわけにはいかないからね。これからは君の見張りをして、正しい道に導いてあげるよ」

「冗談じゃない！」

オレは上半身を起こして、叫んだ。

「あんたなんかに見張られるのは、まっぴらだ！」

「だったら、見張られないように、しっかり寮則を守ってくれ。いい子になったら、元のルームメイトに戻してあげてもいいから」

くそーっ。

こいつ、本当にやな奴だぜっ。

部屋を見回すと、元ルームメイトの荷物はどこかに移動されていて、甲斐の荷物と思《おぼ》しきものがいっぱい運び込まれていた。つまり、オレの許可なしに、部屋替えはすでに行われていたわけだ。いや、こういうのに、オレの許可なんか必要ないって言われればそれまでだけど。

それにしたって、オレはそんな話なんか全然聞いてないのに。いきなり目が覚めたら、こんなことになってしまっていて、すごく不愉快《ふゆかい》だ。

オレはムスッとして、再びベッドに潜《もぐ》り込んだ。

どうしてかっていうと、こいつと顔を突き合わせていたくなかったのと、まだ寝ていたい気持ちがあったからだ。

「ダメだ、千原君。もう昼なんだから、起きたほうがいい」

せっかくかぶった布団をめくられる。オレは布団を自分のほうに引き寄せようとしたが、布団ごと引っ張られて起き上がる羽目《はめ》になる。

「なんであんたはオレにそこまで指図《さしず》をするわけ？　昼まで寝ようがどうしようが、オレの勝手《かって》だ！」

「だって、日曜なんだから、いろいろやることはあるはずだろう？　たとえば洗濯をするとか、掃除をするとか」

「そんなもん。部屋の掃除はあんたの荷物が片付いてないからできない。トイレ掃除は起きたばっかりでしたくない。風呂掃除は入る前にする。それから、洗濯はみんな日曜にするんだから、ランドリー室は混《こ》んでるじゃないか。オレは日曜には洗濯しない主義なんだ！」

甲斐は苦笑して、オレの頭を子供みたいに撫《な》でた。

「そうかあ。君もいろいろ考えて行動してるんだね」

なんだかイヤミのような気もしたけど、あからさまに喧嘩《けんか》を売られてるんじゃないから、とりあえずその手を払いのけた。

「でも、この間も言ったけど、ランドリー室は夜中に使っちゃいけないんだよ。寮則で使用時間帯が決められてるんだから。それに掃除は、日曜の点呼のときに必ず寮長のチェックが入るって、知ってるだろう？　だから、それまでにはきちんとしておかないと」

甲斐はいつものような説教モードではなかったけど、猫撫で声で話しているから、こっちは変な気分がしてくる。かといって、いつものようなうるさい説教は聞きたくないしさ。

オレは大きな溜息をついた。

「そうやって毎日オレにうるさく付きまとうつもり？　あんたみたいなのとこれから一緒に生活しなきゃならないなんて、オレって不幸だなあ」

甲斐の笑顔が少し引きつった。一瞬、怒り出すかと思ったけど、もう一回にっこり微笑んだ。

うーん。なかなかしぶといな。いっそ怒って、おまえなんかとルームメイトになれないって言われたほうが、オレは楽なんだよ。

「言っておくけど、俺は君の生活態度が改まらない限り、ここから出ていくつもりはないから」

オレは思わず舌打ちしそうになった。

ちくしょう。オレの考えはお見通しってわけか。

「じゃあ、あんた、三年になるまでずーっと、ここにいなきゃならないよ」

「だから、君が生活態度を改めればいいんだ。……いや、とりあえず寮則さえ破らずにいてくれたら、それでいい」

どうして甲斐がそんなにオレに寮則を守らせたいのか、よく判らない。そりゃあ、副寮長だからって言われればそれまでだけど。

オレ一人のことなんだし、ほっといてくれよと思うんだ。

ダメなのかな。……ダメらしいな。

でも、オレはオレでマイペースなのが好きなんだよ。いちいち細《こま》かい規則なんか守ってられないって。

「オレさあ、そういうのに向かないんだよねえ」

「そういうのって？」

「規則に縛られるのが嫌で嫌でたまらないんだ」

そう言うと、今まで浮かべていた甲斐の笑みがスッと消えた。

ヤバイ……と思ったときに、オレは甲斐に髪をギュッと引っ張られていた。

「いてーっ……何すんだよぉっ」

「ほう。ルールは守れなくても、痛みは感じるか」

「当たり前だろうっ。なんだよ、下級生をこんな目にあわせて！」

オレは涙目になりながらも甲斐を睨《にら》みつけた。

「俺は幸村と違って、説教一本やりの男じゃない。言うこと聞かなきゃ、身体に言うことを聞かせるつもりだ」

くーっ。嫌なヤロウだぜっ。

副寮長は暴力を振るう奴なんだって、みんなに言いふらしてやるぞ。そうしたら、噂が広まって、副寮長をクビになるかもな。……そういう役職にクビなんてものがあるのかどうか判らないけどさ。

相手がその気なら、オレも徹底《てってい》抗戦するぜ！

甲斐はオレを見下ろして、溜息をついた。

「どうして君はこの学園に入ったんだ？　全寮制なのは最初から判っていただろうに」

「好きで入ったわけじゃないよ。家庭の事情とかさ。いろいろあって」

オレはこいつなんかに気を許した覚えはないので、適当なことを言う。

「まあ、志望理由は人それぞれだけどね。それにしたって、入ったからには普通は規則に従うものじゃないかな。それに、寮則っていうのは、むやみやたらと制限してるだけじゃない。団体生活を送る上でのマナーみたいなものなんだ」

「そんなの、判ってるけどさ。嫌なものは嫌なんだよ」

結局、オレが寮則をあえて破る理由は、それに尽きる。

「嫌なものは嫌、か。本当に手間のかかる子だよねえ、君は」

甲斐の呆《あき》れたような言葉に、オレは肩をすくめた。

オレはやりたいようにやるよ。毎日、小言を言われたってね。そして、いつかこいつをこの部屋から追い出してやるんだ。

オレは起きる準備として大きく伸びをしながら、心にひそかに誓った。


「でさ。副寮長って、やな奴でさー。オレが言うこと聞かないと、暴力振るうんだぜ」

翌日の昼休みに、学食で食事をしながら、オレは同じクラスの友人にそういう話をしてみた。

「それは、大河が寮則を破るからだろう？」

テーブルで向かい合わせに座っている友人・相崎伸吾《あいざきしんご》はオレにそう切り返した。

「なんだよ、相崎。副寮長の味方するのか？」

眼鏡《めがね》をかけてるせいか、どことなくクールな雰囲気《ふんいき》のある相崎は、表情の変わらぬ顔でオレを見つめた。

「守ればいいものをわざわざ破る。しかも、どんなに説教しても効き目なし。おまえが入学して以来、それが半年も続いてるわけだから、副寮長も最後の手段に出たんだろうね」

「だけどさ。横暴《おうぼう》だと思わないか？　暴力だぜ、暴力！」

もう一回、相崎はオレの顔を観察するように見つめた。

「……暴力を振るわれたような痕跡《こんせき》は見えないけどね。それとも、見えない部分を殴《なぐ》られたとか？　よかったら見せてもらえないかな？」

しまった。こいつは証拠《しょうこ》がないと何事も信じない奴だったんだ。

「えーと……もう消えちゃった」

思いっきり不審そうな目で、相崎に見られてしまった。

「そんなことで暴力を振るわれたって言いふらすのは、よくないと思うな。副寮長に失礼じゃないか」

「な……なんだよっ。相崎、オレじゃなくてあいつを庇《かば》うのか？　……そうか、おまえ、あいつに惚《ほ》れてんだろー？　翔鳳はそういうところだからな」

男ばっかの学校で、男ばっかの寮で生活してるんだ。男同士で惚れたのなんだのって騒《さわ》いでる奴らがいるって聞いたことがある。

オレは別の中学に行ってて、高等部からここに入ったんだけど、中等部からの生徒にはそういうのが多いって聞くぞ。相崎も中等部からここだし、マジで甲斐に惚れてるかもしれない。

だけど、相崎はオレを馬鹿にしたような目つきで見たんだ。

「本当に精神年齢低いな、おまえ」

ちょっと待て。いくらなんでも、その言葉は最低の悪口だぞ。単純に馬鹿って言われるより傷ついてしまう。

しかし、相崎って奴は、そういう奴だった。ズバッと傷つくことを平気で言うんだ。もちろん悪い奴じゃないし、オレはそれを知っててこいつと友人として付き合ってるわけだから、別にいいんだけど。

「なんだよー。じゃあ、どうしてあいつの味方をするんだよ？」

「違う。副寮長の味方をしているわけじゃなくて、おまえの味方をしてないだけだ」

だから、それが傷つくんだって！

「もう……いいよっ。どうせ相崎はオレなんか退寮になればいいと思ってるんだろっ？　退寮になったら、自動的に退学になるしさ。相崎とオレとは所詮、同じクラスになっただけの薄ーい関係さ」

オレはけっこう真面目に悲観して言ったのに、相崎はどういうわけか噴き出した。

「いきなり笑うことはないだろう？　ホントにやな奴だなあ」

甲斐ほど本当に嫌な奴ではないにしろ、ある意味、相崎は相崎で嫌な奴だ。まあ、正直な奴ではあるけどね。口は悪いよ、絶対。

「退寮や退学になりたくなければ、ちゃんと規則を守ることだな。僕が言えるのはそれだけだ」

「相崎は冷たい。オレの味方して、副寮長の鼻を明かす作戦でも立ててくればいいのに。頭いいんだから、それくらいのこと考えられるだろう？　ホントにおまえ、オレの友達？」

「ま、一応な。たまたま同じクラスになって、たまたま最初に教室に入ったときに、隣の席だったっていうだけの薄ーい関係だけど」

ムッ。さっきオレが言ったことを根に持ってるのか。

「なあ〜ぁ、相崎〜ぃ、頼む〜ぅ」

甘えた声で相崎に手を合わせると、今まで無表情だった奴の表情が変わる。頬《ほお》に赤みが差して、照《て》れたような顔になるんだ。

「……なんだよ、気持ち悪い声を出すな」

そう言いながらも、相崎はオレの頼みを聞く態勢《たいせい》に入ってるようだ。

なんて言うか、『もしかして、こいつ、オレに惚れてる？』と、たまに思うんだよな。いや、いつもの相崎の言動にはオレをいたわる気持ちがこれっぽっちも感じられないから、そんなことあるわけないけどね。

「なんとか副寮長をオレの部屋から追い出す方法ってないかな？　もしくは、オレと関わり合いになりたくないって思わせる方法とか？」

にらんだ。

「そうだな……」

さっきとは違って、今度は真面目に考えてくれてるらしい。相崎は腕組みをして、宙を
こういうときの相崎の顔は怖いよ。でも、頼りになる友人って感じでいいよな。

「……じゃあ、こういうのはどうだ？　おまえに恋人がいることにするんだ。で、その恋人がおまえの部屋に出入りして、公然とイチャイチャするわけだ。すると、必然的にあいつは部屋には居づらくなるんじゃないか？　たとえ向こうがよそでやれと言い出しても、それはそれで副寮長の監視から逃れられることになる。しかも、部屋で恋人とイチャイチャしちゃいけないっていう寮則はないからな」

「なるほど。いいアイディアだ。さすが、相崎だ！　おまえ、むちゃ頭いいよ。天才！」

オレは大げさに相崎を褒《ほ》めたてた。相崎はまんざらでもない顔をして、オレの賞賛《しょうさん》を受ける。いや、相崎が見かけによらず単純なのは助かるよ。

「だけど、その恋人役は誰がするんだ？　オレ、言っとくけど、ここで恋人なんか作る気はないぞ。男の恋人なんかまっぴらだ」

そう。オレは翔鳳の校風みたいなのには、絶対乗らないことにしてる。男相手にマジで愛なんか語れるか。どうせ今、付き合ってる奴らも、遊びでやってんだろうって思うしさ。

もしくは、性欲処理とかね。

相崎はオレの顔を見て、ちょっとニヤッと笑った。

「一応、言い出した責任取って、僕がしよう」

いや、それはいいんだけど、なんか気になる笑いだなあ。相崎が意味ありげに笑うときは、ロクなことがないんだ。

とはいえ、相崎の案はなかなかいいと思うので、恋人役は相崎で我慢《がまん》することにした。

「じゃ、頼むよ」

「判った。今晩、早速、部屋に行くから」

「えっ、今晩？」

いきなり今晩だとは思わなくて、ビックリした。相崎は眉をちょっと上げて、それからフッと笑った。

「善は急げって言うだろ？」

言うけど、これは善かなって気がする。ま、とりあえず、甲斐のヤロウがどっかに行ってくれるなら、オレにとっては善なのかもな。

「じゃあ、頼むぜ！」

オレはテーブルの下の相崎の上靴を、握手代わりにちょっと蹴る。すると、相崎はオレの上靴を蹴り返した。

「あ、おまえのほうが蹴り方が強い！　ずるいぞ！」

相崎は途端にオレを馬鹿にしたような表情になった。

「おまえ、ホントに精神年齢低いなあ。小学生並みじゃないか？」

「失礼なこと言うなよっ。どっからどう見ても、高校生だろ？」

「おまえ、本気でそう思ってるのか……？」

いや、それこそマジで訊くなよ。なんだか恥ずかしくなってくるぞ。オレは確かに平均より身長低いよ。たぶん体重もそうだよ。性格だって子供っぽいよ。これで高校生かって、自分でも時々思うだけに、今の相崎の一言はキツかった。

でも、そんなことで傷ついても仕方ないし。

オレはコホンと咳払いをした。

「まあ、それはいいから、恋人役よろしくな！」


夜になるより早く、相崎はオレの部屋に現れた。

というのは、途中でやってきて、いきなりイチャイチャするより、甲斐が部屋に戻ってきたときに、すでにイチャイチャしていたほうが、そこに居づらくなりやすいだろうと相崎が言ったからだ。

というわけで、学校から帰宅後、すぐに相崎はオレの部屋にやってきたんだ。

「副寮長はまだ帰ってないか？」

「ああ。まだだ」

オレは相崎を部屋に備えつけてあるソファに座らせた。

いや、本当にどうしてソファなんかが学園寮の部屋にあるのか不思議なんだけど、この寮は妙に豪華《ごうか》なんだ。洗面所や風呂も一部屋ごとについてるし、しかも意外と広いしね。なんでも、数年前、金持ちがこの寮に入る息子のために、ポンと大金を寄付したらしい。その息子が誰かってことはよく知らないけど（噂だと、今の生徒会長だってことらしい）、どうせだったら、寮の規則ももう少しゆるく変えてもらいたかったなあと思うよ。

「なあ、相崎。イチャイチャってさ、具体的に何をすればいいんだろうなあ」

ふと疑問を思いついて、オレは相崎の隣に座った。

「僕もそれを考えてた。とりあえずはくっついてみるか」

おいおい。こいつ、大丈夫なんだろうな。恋人役になってやるなんて言うから、てっきりイチャイチャした経験でもあるのかと思ったのに。

だけど、そういう経験がもしこの学園内にあったとしたら、ちょっと怖いかも。だって、それだと、相崎は男相手に欲情できるかもしれないんだ。だったら、そんな経験、ないほうがいい。

相崎はオレにくっついて座り、オレの肩を軽く抱いた。

「こんな感じ、かな？」

「うーん。そうかも。……なんか、変な気持ちがしてくるなあ」

「ドキドキするとか？」

「はあ？　なんでオレがドキドキするんだよっ。ただ、おまえとこうしてるなんて、気持ち悪いって言うかさ」

相崎はムッとしたようにオレの肩から手を離した。

「気持ち悪いなら、イチャイチャできないよな。だったら、この作戦は失敗だ」

「ああ、嘘、嘘！」

オレは大慌てで相崎に自分から擦《す》り寄った。相崎は仕方なさそうに再びオレの肩に手を回す。

あ、でも、オレからも擦り寄ってるから、さっきより恋人同士に見えるかもしれないな。

「で、リアルさを出すために、キスの真似事《まねごと》をするぞ」

「キス？　フリだけだよな？」

　まさか相崎が本気でオレにキスしようとは思わないだろうが、一応、念を押しておく。ちょっとした行き違いで、間違って相崎とキスなんかしたくない。というか、キスしたことないんだから、初めての相手が相崎なんて、そんなの、単なる間違いだとしてもやっぱり不幸だと思うからさ。

「もちろん。でも、口は近づける。でなきゃ、副寮長を騙《だま》すことはできないからな。ついでに恋人っぽい感じで身体を撫でたりするかもしれないが、演技なんだから騒ぐなよ」

「判った。騒いだりしたら、これがお芝居《しばい》だってバレるしな」

　相崎に身体を撫でられる自分を想像したら、ちょっと嫌な気分になったが、撫でる相崎のほうはもっと気分が悪いかもしれないと思い直した。

　そうだ。そこまで相崎の奴が協力してやろうって言ってるんだから、オレもせいぜい従順な恋人のふりをして、すり寄ってやろう。

　相崎は眼鏡をはずし、テーブルの上に置いた。

「えっ、なんではずすんだ？」

「眼鏡があったら、顔を近づけられないだろう？」

　確かにそうなんだけど、妙に本格的って感じがするなあ。眼鏡が邪魔《じゃま》だなんて、オレには想像外だよ。

しばらくして、ドアのノブを回す音がした。

相崎はオレを引き寄せると、オレに覆《おお》いかぶさるような感じで、キスをした。……いや、その真似事をした。

息が触れるから、本当に唇に当たるギリギリのところまで顔を近づけてるんだろうな。オレは恋人らしく目を閉じてしまったから、よく判らない。どっちにしたって、人の顔がこんなに近くにあるんだから、目なんか開けたくないよ。

甲斐はドアを開き、一瞬固まったようだったが、そのまま部屋に入ってくる気配がする。おいおい。ルームメイトが恋人とキスしてるんだぞ。普通、部屋には入らずに遠慮《えんりょ》するもんじゃないか。少なくとも、自分がこういう場面に遭遇《そうぐう》したら、そうするよ。

相崎は甲斐にかまわず、演技続行だ。角度を変えてキスをするふりをして、オレの背中を撫で始めた。

唇がさっきより近づいてる気がする。本当にギリギリのところで止まってる感じで、何かでどちらかがバランスを崩したら、唇が触れ合ってしまいそうな距離だ。

相崎の手が背中から腰のあたりに伸びる。

えっ、ちょっと……。

オシリを撫でられてるような。

だけど、これはお芝居だから、嫌だって言って、相崎を突き飛ばすわけにはいかないし。いろいろと我慢するのが嫌で、校則や寮則を破ってるオレなのに、こういうことで我慢するのは、むちゃくちゃ理不尽だーっ。

とにかく、早く甲斐が出ていってくれないかな。頼む。早く出ていってくれーっ。

「はい、二人とも、そこまで！」

甲斐の声にハッとして、オレ達は抱き合ったまま、そっちを見た。

こういう場面にうっかり遭遇したわりには、甲斐はニコニコしている。というか、何か意味ありげな笑い方で、どうにも気になる。

「な……なんだよっ。いいところなんだから邪魔すんなよっ」

オレは演技を続行するつもりで、相崎の背中に手を回した。それに合わせて、相崎もオレの背中をギュッと抱く。

「いや、もう演技はいいよ」

もしかしてバレてんのか。演技は完璧だったって思うのに、どうして。

しかし、ここで今更、演技でしたってことを認めるわけにはいかない。認めてしまったら、これからこの手は使えなくなるからだ。

SHOHO
S

「演技ってなんのことだ？　オレとこいつは、見てのとおり超ラブラブなんだよ！」

オレがそう主張すると、甲斐は噴き出した。

「ほう。ラブラブなんだ？」

「そうだ。なんなら証拠を見せようか？」

いきなり相崎が横からそんなことを言い出した。

証拠ってなんのことだ。そもそも、オレと相崎は恋人同士じゃないんだから、そんな証拠、どこにもないぞ。

「じゃあ、見せてもらおうか。その証拠とやらを」

甲斐は腕組みをして、余裕たっぷりの笑顔でそう言った。

なんだかそんな態度を見せられると、なんとかして証拠を見せたくなる。いや、でも、証拠って、どうするんだよ？

なんとかしろと目で合図《あいず》すると、相崎は判ったというふうにうなずいた。そして、オレに再び顔を近づけてきた。

さっきと同じキスの真似じゃダメなんじゃないかなあと思ったら、今度は唇が何か柔らかいものに触れた。それがどんどん押しつけられてくるし。

おいっ。まさかこれって……。

オレは反射的に相崎を突き飛ばして、逃げていた。

「バカヤロウ！　ホントにキスする奴があるかぁぁ！」

オレは思いっきりそう怒鳴ってから、ハッと我に返った。

甲斐は楽しそうに笑いだす。

しまった……。

相崎はふてくされたような顔でテーブルに置いていた眼鏡をかけている。せっかくオレのラブラブ宣言を裏付けてやろうと思っていたのに、他ならぬオレの暴走でダメにしてしまって、相当、不機嫌そうだ。

これじゃ、相崎の協力はこれから頼めないかもしれない。どうしよう。

甲斐はイヤミったらしくオレに言った。

「ラブラブなのに、本当にキスしたこともなかったんだ？　キスするふりをするだけで」

「そ…そうだ。き、今日が初めてだったのに、あんたが邪魔したんだ！」

半ばヤケクソでソファから立ち上がって、甲斐に突っかかる。

甲斐は笑いながら、オレの肩に軽く手を置いた。

「君達が学食で相談していたのを俺は知ってる。恋人のふりでイチャイチャして、俺が部屋から出ていくように仕向ける作戦」

なんでバレてんだよ。もしかして、近くにこいつがいたとか。いや……はっきり覚えてないけど、いなかったと思うぞ。

「不思議かな。まあ、寮自治会のメンバーは多いからね。いつも君のそばにいたりしてギャー。こいつ、いつもオレを見張ってやがったのか。」

道理で……。

「そういうわけだから、無駄《むだ》なあがきはやめたほうがいい。たとえ君にホントの恋人ができたとしても、同じことだ。俺は君が寮則を守れるようになるまで、絶対に離れないからな」

オレはもう力が抜けてしまって、そのままソファに腰を落とした。

はぁ……。ダメじゃん。

オレは相崎をちらりと見たけど、助け舟を出してくれる様子はない。さっきの突き飛ばしで、相当、腹を立てているようだ。

「相崎、スマン」

オレは小声で謝った。

相崎はちょっと溜息をついて、それからオレのほうを見た。

「仕方ないな。許してやる」

よかった。相崎に嫌われたら、オレはこれから宿題を教われない。いや、それだけじゃないけどさ。やっぱり友達には好かれていたいよ。

相崎は立ち上がると、ドアのほうに向かう。そして、甲斐とすれ違うときに、何かをボソボソとつぶやいた。

「……そいつは俺の知ったことじゃないな」

甲斐は相崎の後ろ姿にそう言った。

相崎はそのまま振り返りもせずに部屋を出ていったけど、一体、甲斐になんて言ったんだろうな。

「さあ、千原君。夕食までに宿題を済ませておこうか」

甲斐はオレの腕に手をかけて、引っ張った。机のほうに引きずっていくつもりなのか。

オレは思わずその手を振り払った。

「嫌だっ。そんなの、寮則で決まってないだろっ？」

「決まってはいないけど、寮生活のしおりに『夕食前に学校の復習等をするのが好ましい』って書いてあっただろう？　君はあまりよく読んでないみたいだな。ちゃんと入学前にもらったと思うけど」

「そんなもんっ……。とっくに捨てちゃったね」

そう答えると、いきなり髪を引っ張られた。

「痛いっ。すぐ暴力に訴えるなんて……」

「こんなものは暴力じゃない。上級生から下級生への親愛の情の表現みたいなものだ。ちょっと痛いかもしれないけど、ただのコミュニケーションだな」

嘘つけっ。だいたい、言うことを聞かなければ、身体に言うことを聞かせるとか言ったくせに。

オレが思わずにらみつけると、甲斐はオレの横に座った。

「な、なんだよっ……」

「いや、しおりを捨ててしまったのなら、君が寮則を守れなくても仕方ないな。これから寮則について話をしてやろう」

えっ、冗談じゃないぞ。もしかして、説教よりタチが悪くないか。

「あ、あれは……嘘なんだ」

「何が嘘だって？」

嫌だ。こっちに寄ってくるなよ。こいつと同じ部屋にいるだけでも嫌なのに、隣に座るなんてさ。

「だからっ、寮生活のナントカってのを捨てたって話！　持ってる。ちゃんと持ってる。

たぶん……ね」

ただ、どこにあるのか判らないだけだ。どっちみち、オレは規則なんか守るつもりはないからさ。

甲斐はふーっと大きな溜息をついて、ソファの背もたれに身体を預けた。

「本当に君は……どうしてそんなにいろんなことに反抗したがるんだろうな」

「いや、単なる性格だから。気にしないでほしいなあって思うんだけど」

「悪いが、副寮長として気にしないわけにはいかないんだ」

そりゃまあ、そうなのかもしれない。甲斐は規則を守らせる立場にあるわけだから。

「でも……。規則なんか、あってもなくても同じようなもんじゃないかな」

「そうかな……？　俺はちゃんと意味のあるものだと思ってる。寮の秩序のためにも絶対、必要だ」

ケッ。いつも説教してる堅物《かたぶつ》寮長と同じ考え方なんだな。なーにが寮の秩序《ちつじょ》だ。そんなもん、くそくらえって思うぜ。

「……くだらない！」

オレはそう言って、ソファから立ち上がろうとしたが、甲斐から腕をつかまれる。

「な…なんだよっ」

振り払おうとしたんだけど、さっきと違って、強い力だから振り払えない。

「ひとつ教えておいてやろう」

甲斐は片方の手をオレの肩に置き、引き寄せた。

おいっ。なんだかさっきの相崎と同じくらいの位置に顔があるんだけど。

「あ……あ？　あーっ……」

気がついたら、唇に何かやわらかいものが当たっていた。

キスだ……！

って、どうして甲斐がオレにキスしてるんだよ？

事態の把握《はあく》に数秒かかって、その間、甲斐の唇はオレの唇に触れたままだった。理由はともかく、キスされているんだと判ったオレは、相崎と同じように甲斐を突き飛ばそうとした。

けど、甲斐の力が強くて……。

いつの間にか、ソファに押し倒されてるし、一体どういうことだよ！

上から押さえつけられるようにされて、なんだか変な気分だ。オレ、男なのに、どうして男にこんなことされてるんだろう。

もしかして、甲斐って、実はそういう趣味があったとか。考えてみれば、ここは男同士で付き合ってる奴らが多い学園なんだし、こういうことがあっても不思議じゃない。オレは今まで本当にこんなことが自分の身に降りかかってくるとは思ってなかったから、相崎とのお芝居も冗談のようなノリでやれたんだ。

ああ、もしかして、甲斐はオレが相崎とキスの真似をしてるのを見て、オレがそういうのに寛容《かんよう》な奴だと思われたのかもしれない。

違う。違うっ。

オレはこういうのが嫌なんだってば！

思い出したように首を左右に振って、抵抗する。だけど、甲斐はなかなかオレを解放してくれなくて、それどころか……。

なんか変だ。何かがオレの唇をこじ開けて入ってこようとしてる。

それが何かなんて、この状況ではひとつしか考えられなかった。

甲斐の舌、だよ。

オレは懸命《けんめい》に唇を閉じた。絶対入ってこられないようにしないと。とんでもないことになってしまう。いやいや、それより早く、こいつをオレの上から退《ど》かさなきゃ。

オレはもがいて、そこから逃れようとした。でも、全然うまくいかない。オレは小柄だけど、甲斐はそれほど大柄ってわけでもないのに、どうしてこんなに力が強いんだろう。

一学年の違いって、こんなところに出るもんなんだろうか。

「ん……んっ」

不意に、腕に痛みが走る。たぶん、つねられたんだと思う。

一瞬、口を開いてしまい、その隙《すき》をついて甲斐の舌が中に入ってきた。

そんなあ……。

オレは泣きたくなった。どうしてオレが甲斐にこんなことされなきゃいけないんだろう。

そりゃあ……元はといえば、オレが悪いのかもしれないけど。

寮の規則を破りまくったから、甲斐がオレを更生させに、押しかけルームメイトになったんだし、それを考えると、真面目におとなしく目立たないようにしてればよかったんだって思う。

でも、だからって、オレが甲斐にキスされなきゃいけない理由はどこにもないぞ！

甲斐の舌がしつこくオレの舌に絡《から》んでくる。懸命に出ていくように舌で押し返していたつもりなんだけど、何しろ口の中は狭いから、ふと気がつくと、まるでオレのほうからも甲斐の舌に絡めているような状態になっていた。

マズイ……。これって、誤解されるじゃないか。オレがこいつにキスされてメロメロになってるってさ。

「んーっ……」

とにかく、オレは甲斐の身体を押してみた。だけど、この体勢で押しても威力がなさすぎて、動きゃしないんだ。

どうしよう……。

オレはなんだか疲れてきてしまって、どうでもいいやの気分で身体の力を抜いた。同時に、舌のほうも抵抗するのをやめたんだ。

すると、甲斐のほうも強引だったのが力を抜いてきたようだった。舌のほうも優しい動きに変わってきた。

え……。なんだよ。そんなにふうにされると、変な気分になってくるじゃないか。

まるで恋人同士みたいに舌が優しく絡んできてさ。最初は気持ち悪いと思ってたキスも、案外、悪くないかなって。

これって……キスなんだなあ……。

今更ながら、そんなことを思った。唇が触れただけでキスするなとかって騒いだけど、あんなの、キスでもなんでもない。ただ唇が触れただけのことだ。

キスって、こういう状態を言うんだよ、きっと。

ああ、それじゃ、オレの初めてのキスは、甲斐としたってことに。……それは困る。いや、困るってわけじゃないけど、なんとなく嫌じゃないか。いくら男ばっかりの学校にいて、男ばっかりの寮にいても、こんなの、男同士でするもんじゃないだろう。

だけど……。

頭の中がふわふわしてくる。キスって気持ちいい。もしかして、こいつのキスが上手いのか。よく判らないけど。

唇が離れた。

オレはボンヤリと、甲斐の顔を見つめたんだ。だって、甲斐がオレの顔をじっと見つめるから、オレも思わず……。

甲斐はふっと微笑んだ。

「意外だったな。君の弱点を見つけたつもりだったのに」

「えっ……？　弱点？」

「俺は君が嫌がると思ってキスしてみたんだよ」

もしかして、甲斐にはオレが嫌がってるようには思えなかったってことか。いや、途中で力を抜けば、そういうことになるかもしれない。確かに後半は黙ってキスされてたんだから。

「そ…そんなことないっ。オレは男にキスされたくなんかないぞ！」

「そうかな。今、すごく気持ちよさそうな顔してたよ。こっちがドキドキしてくるような顔だった」

「何言ってるんだ！　オレは絶対、気持ちよくなんかなかった！」

オレは力いっぱい否定して、甲斐の身体を押しやった。甲斐は笑いながら、オレの上からやっと退く。

「気持ちよくても、よくなくても、キスはどうやら君の弱点みたいだったようだな。そいつは好都合だ」

「だから……オレの弱点ってどういうことだよっ？」

甲斐はもう一度、オレの顔を見ると、ニヤリと笑った。

「今度、寮則を破ったら、またキスするよ」

「な……！」

なんてひどい奴だ！　いたいけな下級生をキスで脅《おど》かすなんて！

「君は口で言ってもちっとも判らないから仕方ないよな。身体で覚えさせなきゃいけないんだ」

「オレは犬じゃないぞ！」

「だったら、おとなしく俺の言うことを聞くように。……まあ、またキスしたいって言うなら別だけど」

「したいわけないだろっ！」

冗談じゃないぜ。こんなことで甲斐に言うことを聞かせられるなんて、大誤算だ。

「だいたい、あんた、横暴だ！　副寮長だからって、そんなことしていいと思ってるのかっ？」

「じゃあ、誰かに言いふらす？　俺にキスされたって」

そんなこと言えるわけがない。甲斐にキスされたことなんか、絶対に誰にも知られたくない。

「……あんた、とんでもない奴だ」

「君ほどじゃないね。君はあの相崎って子に、俺が暴力を振るうって言ったんだって？　もしそんな噂が流れてたら、今度は俺のほうが君とキスしたって噂を流してやるから」

くそーっ。

なんか、こいつのほうが一枚上手じゃないかーっ。

オレは悔《くや》しくて、今晩はとても眠れそうになかった。それくらい、オレは甲斐が憎くて憎くて、仕方なかった。

こんな奴にキスされて、挙句《あげく》の果《は》てにちょっぴり気持ちよくなりかけていたなんて、本当に悔しいよ。

「とりあえず……」

甲斐はオレに手を伸ばした。

「なんのつもりだよ？」

「寮生活のしおりを探してみよう。俺も一緒に探してやるから」

オレはその手をパンと打ち払った。

「一人で探せる！」

「そうか。じゃあ、今すぐ探したほうがいい。夕食までに探せなかったら、ペナルティだな」

くーっ。またキスするって言ってるのか。

オレは仕方なくソファから立ち上がって、自分の机のほうに向かった。ロクに勉強だってしてないから、散らかし放題だ。見てるだけで、自分でもうんざりしてくるくらいだ。

「助けが必要なら、いつでも言ってくれ」

「誰があんたの助けなんか……！」

オレをキスで脅迫《きょうはく》するような奴には、絶対頼らないぞ。そう思いつつも、夕食までに探せなかったらキスが待ってるんだよ。

ホントにどうしようか。

オレは内心、思い悩みながらも、懸命に寮生活のしおりを探した。


本当にオレは不本意だったが、甲斐の策略《さくりゃく》に乗せられてしまったようだ。

寮則と校則破りナンバーワンなオレだったのに、甲斐がルームメイトになってからは、ちっとも破れないいんだ。

そりゃあ、いちいち破らなくたっていいだろうと思われるかもしれないけど、記録更新中だったのにさ。でも、いつも寮自治会のメンバーにそれとなく見張られてるようだし、うっかり変なことをしてしまったら、また甲斐にキスされるって判っていたから、真面目にならざるをえないいんだ。

それに……。

寮ではいつも甲斐がオレにくっついてる。もちろん他の奴の部屋に遊びにいくときまではついてこないけど、それだって時間になれば、迎えにくるんだ。そして、他の場所には絶対ついてくるし、部屋の中ではそれこそ小姑《こじゅうと》のようにねちねちとオレのすることにケチつけてくるんだよ。

本当にどうしたらいいんだろう。このままオレは甲斐の言いなりになってしまうんだろうか。

それは嫌だ。絶対嫌だ。寮則なんかもうどうでもいいから、せめてオレはもっと自由な生活をしたい。いつもいつも人に見張られて、息が詰まりそうだよ。

そんなわけで、今日もオレは教室で相崎相手に愚痴《ぐち》をこぼしていた。

学食なんかだと、甲斐の手下みたいなのがいるし、ゆっくり話もできないから、昼休みには教室にいるようにしてる。うちのクラスに自治会のスパイがいない限りは、ここでしてる話はあいつには洩《も》れないってことだ。

「なあ、相崎〜。いいアイディアないかあ？」

毎日、オレにこんなふうに絡まれてる相崎はいい迷惑だろうが、ついつい愚痴が口から出てくるんだ。

「もう、いい加減《かげん》、あきらめろよ」

「どうしてオレがあきらめなきゃいけないんだ？　オレがこんなに嫌がってるのに、おまえ、薄情な奴だな」

まるで飲み屋でクダ巻いてるどこかの酔っ払いオヤジみたいだと思いながらも、相崎に絡むのをやめられない。

「いや、だって。すでにおまえは副寮長の言いなりじゃないか。そんなに嫌なら、どうして抵抗しないんだ?」

う……。そう言われてしまうと、確かに抵抗もせずに、全面降伏してるようなものだからな。

だけど、オレには抵抗できないわけがあるんだ。

「あのさ……。実はオレ、あいつに脅迫されてるんだよ。弱点を盾に取られてさ」

一応、キスもどきをした相崎なら言ってもいいかなあと思って、小さな声でそっと言った。

「弱点って……なんだ?」

相崎はやっと真剣にオレの愚痴を聞いてくれる気になったらしい。オレはちょっと気をよくして、周りに聞こえないような声で話を続けた。

「おまえにキスされてたときの反応をあいつが見てて、オレの弱点はキスだって思ったようなんだ。で、今度、寮則を破ったらキスするぞって脅かされててさ」

相崎の顔色がさっと変わった。

「それはひどい!」

「そうだろ? だからさ、なんとかしたいんだよ。あいつをどうにかしてへこませてやりたいし、自由な生活を取り戻したいんだ」

「なるほど。それはなんとかしないと……。しかし、難しいよな。寮長は生真面目でストレートな手しか使わないという噂だが、あいつがそんな思いきった手を使うなら……」

「オレも、どうせルームメイトになるなら寮長の幸村先輩のほうがよかったな。何度も説教されたけど、そのたびに殊勝《しゅしょう》な顔したら許してくれたし」

はっきり言って、甘いのは幸村先輩のほうだと思う。だけど、きっぱりしていて男らしい性格をしてるから、なんかさすがのオレも『先輩』って呼んじゃうくらいだ。変な気持ちじゃなくて、幸村先輩に憧《あこが》れてる奴はたくさんいるって話だし、オレもその中のひとりってことになるのかもしれない。もっとも、それと寮則破りは別問題なんだけどさ。

「じゃあ、寮長のほうに泣きついてみるというのは？」

「うーん。そうだな。あの人なら、オレのつらい気持ちも判ってくれるかも」

本当にそうかって訊かれたら、全然自信はない。とにかく、今の時点では、オレは規則を破らないいい子ちゃんになってるから、寮長もちょっとくらい心を動かされるかもしれない。

それに……。

キスで脅かされてるって、寮長が知ったら、やっぱり怒りそうだしね。そしたら、あいつ、寮長に説教されたりして。

　想像してみて、思わずニヤニヤ笑ってしまう。

「おい、気持ち悪い笑い方をするな」

　相崎に注意されたが、なかなか笑いが止まらない。

「だが、寮長も性格がずいぶん丸くなったよなあ。ちょっと前までもっと厳《きび》しかったし、生徒会長との確執《かくしつ》もひどかったけど」

　うちの学園は、けっこう伝統的に生徒会と寮自治会は仲が悪いんだけど、寮長に幸村先輩がなって、生徒会長に浅見弘哉《あさみひろや》って奴がなってから、一段と対立が激しくなってさ。オレが入学したときには、遠くから見てても、二人の間には火花が散ってる感じがしたよ。

「やっぱり幸村先輩に恋人ができてからだよな。あんなに穏やかになったのは」

「南野光希《みなみのこうき》だっけ。クラス違うから、顔しか見たことないけど、あいつもいろいろ問題アリだったんだよなあ」

　確か、前の学校を暴力沙汰《ざた》で退学になったとか……。いや、停学になったから、親にここに放り込まれたって話だったか。でも、今はそういう感じじゃない。気は強そうだけど、喧嘩するようなタイプには見えない。

　ってことは、きっと南野のほうも幸村先輩と恋仲になって、穏やかになったってことかな。

男同士の恋愛なんて、オレはあまり信じてないけど、恋人ができれば精神的には落ち着くのかもしれなかった。

「なあ。甲斐の奴にも誰か恋人ができれば、オレに厳しいこと言わなくなるんじゃないかなって思うんだけど」

オレの意見に、相崎はうなずいた。

「そうだな。しかし、まさかこっちが恋人をあてがうわけにはいかないだろう」

「ま、そりゃそうだけど」

オレはそう言いながら、教室を見回した。

「うちのクラスの中で一番可愛い奴って、誰だろうな。二、三人、見繕《みつくろ》って、部屋に連れていこうかな。で、さりげなく紹介したりして」

自分の計画がうまくいくところを想像して、オレはにんまりと笑った。

「クラスで一番可愛い奴って……。おまえじゃないか？」

「……ええっ？　オレ？」

思わず自分を指差して訊いてしまう。

相崎は気の毒そうな顔をしてうなずいた。どうやら、冗談なんかではなく、本気で言ってるようだった。

「そ、そんな……。違うだろっ。オレなんか別に……」

「このクラスで一番身長が低いのは誰だ？」

「オレだ……」

「一番体重が軽いのは？」

「オレだよ……。いや、でも、だからって……一番可愛い奴ってことにならないだろっ？」

身体のサイズは可愛くても、それだけの話だ。

だけど、相崎はまたもや気の毒そうに首を横に振ったんだ。

「おまえが風邪で休んだときに、みんなでそういう話をしたことがある。うちのクラスで一番可愛い奴は誰だって。全員一致でおまえだった」

ガーン。

いや、ちょっと待てよ。全員一致ということは、相崎も同じようにオレのことをそう思ってたってことじゃないか。

「友達甲斐のない奴だな！　せめて、おまえだけでも反対しろよ！」

「別にこれはいじめでもなんでもない。客観的に見てどうなのかって話だから。僕もそう思うんだから仕方ないね」

ちくしょうっ。相崎はオレの味方だと思っていたのに、なんだか裏切られたような気分だ。

「とにかく、ヘタに恋人作戦なんか考えないほうがいいな。うっかりすると、おまえ自身が食われちゃうことになるぞ」

ギャーッ。

相崎の脅かしに、オレは身震いした。

オレは甲斐に食われたくなんかない。いや、他の誰にも食われたくなんかないんだ。それに、恋人なんかいらない。

オレは束縛《そくばく》されるのがキライなんだからさ。

放課後になって、オレはどうやって甲斐とは会わずに、寮長だけに会えるかを考えた。

やっぱり部屋に押しかけるしかないよな。寮自治会室ってあるけど、意外とあの部屋は使われてないんだ。オレは説教されるたびに連れていかれて、あそこで反省文を書かされたことがあるけど、他に何か使ってんのかな。

まあ、仮に幸村先輩がそこにいたとして、絶対、甲斐のヤロウもいるからダメだ。さすがに本人のいる前で告げ口はしたくないよ。

いつもさり気なくオレの周りを寮自治会のメンバーが見張ってるんだけど、まさか撒《ま》くわけにもいかず、そのまま幸村先輩の部屋に向かった。

ドアの前まで行って、ノックをしようとしたそのとき……。

オレはいきなり後ろから口を塞《ふさ》がれていた。

ええっ。一体、なんなんだよっ。

わけも判らず、オレは誰かに口を塞がれたまま、抱え上げられてしまった。

こいつら……。寮自治会のメンバーじゃないかっ。というか、いつもオレの周囲を交代で見張ってた奴らだから、すっかり顔を覚えていた。

オレはそのまま、そいつら二人に自分の部屋に連れていかれていった。部屋には、甲斐がいて、オレと寮自治会のメンバーを交互に見て、驚いていた。

「……どういうことなんだ?」

「こいつが幸村の部屋のドアをノックしようとしていたからマズイと思って」

オレの口を塞いでる奴がそう言った。

なんでもいいから、いい加減、オレから手を離せよっ。

オレが口を押さえられながらモゴモゴ言うと、やっと口と身体が自由になる。

「どういうことかって、オレが訊きたいよっ。人をいきなり荷物みたいに拉致《らち》っといてさ。寮則に違反してなければ、こんなひどいことしていいんだっ？」

オレは荷物扱いされたことが頭にきてしまい、イヤミのように怒鳴った。さすがに、それは悪いと思っていたのか、寮自治会のメンバー二人はオレに謝ってくれた。

「すまんな。だが、幸村の部屋をノックするときは、俺達でさえも気を遣うんだ。つまらない用でノックするなんて、絶対しちゃいけないことだ」

「どうしてオレの用がつまらないって決めつけるんだよっ！」

それもまた腹の立つことだ。オレがせっかく幸村先輩にこの現状について直訴《じきそ》しにいこうと思っていたのに、寸前で邪魔しやがって。

「いや、だから、幸村はせっかく部屋にいて、恋人とくつろいでるわけだし、それを邪魔するのは……」

「幸村先輩がこんな時間から何してるって言うんだよ。いくらなんでも、恋人といるからって、エッチしてないだろう」

「してるとかしてないとかいう問題じゃなくてな。俺達はせっかく幸せをつかんだ幸村に、末永く幸せになってほしいだけなんだ」

う……。こいつら、なんか変だ。

寮自治会って、硬派なイメージがあって、幸村先輩を団長にした応援団《おうえんだん》って雰囲気かな。

だからなのか知らないけど、幸村先輩をすごく崇拝《すうはい》してるっぽいところがあるみたいだ。

どうも、そういう考え方はオレには馴染《なじ》まないけどね。いくらオレが幸村先輩のことを、ちょっぴり憧れていたとしても、それはそれだ。集団でそんなに入れあげてる奴らを見るのは、気持ち悪いよ。

「で、君は幸村になんの用だったんだ？」

突然、甲斐にそう訊かれて、答えを用意してなかったオレはとっさに黙ってしまった。

ああ、なんか言ってごまかさなきゃ。そうしないと、オレの計画がダメになってしまう。

「えーと……幸村先輩にじきじきに相談したいことがあって……」

これじゃ、ちっともごまかせてないような気がする。どんな相談だって訊かれたら、どう答えりゃいいんだよ。

「ふーん。じきじきに相談ね。君が幸村に」

意味ありげに甲斐はつぶやくと、寮自治会メンバーを部屋から出ていかせた。ということは、この部屋では甲斐と二人っきりだ。

くーっ。この沈黙がつらい。視線も痛い。どうしよう。

「オ、オレっ……宿題があるからっ」

オレはそれを盾にして逃げようとした。いや、逃げられるかどうかはともかくとして。とりあえず、甲斐に話しかけられるのを防《ふせ》ぎたかったんだ。

「待ちなさい。寮長に用があるなら、代理で副寮長が君の話を聞いてあげよう」

「い……いいよ、もうっ」

机のほうに行きかけたオレの腕をつかんで、甲斐は無理やりソファに引きずっていった。

「ほら、ここに座って」

「もういいって言ってるだろっ」

抵抗しようとしても、体格と力の差で、あっさりとオレはソファに座らせられる羽目になってしまった。しかも、隣には甲斐が座って、オレの肩に手を回すんだ。たぶん逃げられないようにってわけなんだろうけど、もう勘弁《かんべん》してほしいって感じだ。

「さあ、俺になんでも相談してごらん」

「本当にもういいって」

「副寮長の俺ではダメだってことかな。幸村でないと話せないこと？」

「そ…そうだよっ。オレは幸村先輩にしか言わないんだ！」

あんまりしつこいから、ついそう言ってしまう。これで甲斐があきらめてくれればいいんだけど。

「ふーん。つまり、俺のことを幸村に相談しようとしてたってことかな？」

ギクッ。図星じゃん。

オレは思わず顔を甲斐の反対側に向けてしまい、甲斐に正解を教えたも同然だった。

「……ほう。で、俺のことをなんて言おうとしてたんだ？」

「キスするぞって脅かされてるって……」

ここまでバレたら仕方ないから、オレは白状した。

「まあ、狙《ねら》いどころはいいかもね。あの人が聞いたら、そりゃ怒るよ。そんなことで規則を守らせても、守らせたことにならないとかナントカって言いそうだ」

甲斐はオレの肩を引き寄せた。

「あ……何すんだよっ」

「俺はそんな無茶な手を使ってでも、君に規則を守らせる必要があったからしたまでだ。それについては後悔してないし、幸村に責められても俺はやめないよ」

「あ……だから何するんだよっ」

オレは甲斐が顔を近づけてこようとするから、必死でもがいた。

もしかして、キスしようとしてるわけ？　だって、オレは別に寮則を破ってなんかいないじゃないか！

「これもね、一種のペナルティかな。幸村にいらないことを吹き込まないでほしいんだ。あの人の意見は正しいけど、今は邪魔だから」

「あっ……馬鹿っ……んんっ」

オレは甲斐に唇を塞がれていた。

今度はいきなり舌が中に入ってる。そういうことされると、オレの頭の中には、前にキスしたときに気持ちよかった記憶なんかが再生されてしまって、すごく困る。

こんな横暴なことを言われて、無理にキスされてるのに、気持ちよくなってる場合じゃないだろう。

そう思うんだけど……。

きっと、この間のキスが気持ちよかったのがいけないんだ。でもって、甲斐がけっこう上手だったりするのが悪い。

だから……だから、オレは悪くないんだ。

誰が悪いとか、そんなこと関係ないって、本当は判ってるよ。だけど、どんどん甲斐がオレの唇をむさぼるようにキスをしていくから、オレはそれに引きずられるように、そっちの世界に行っちゃうんだ。

「ん……んっ」

なけなしの力で甲斐の胸を押すけど、全然、効き目がなくてさ。

どうしよう、オレ……。

男とキスするなんて、絶対イヤだって、この間まで思っていたのに。

「んぁ……あっ……」

唇が離れたかと思うと、今度はソファに押しつけられる。そして、上からのしかかられるような格好で再びキスをされた。

身体がしびれていくみたいだ。力が入らない。

なんで、オレ、こんなにおとなしくキスされてるんだろう。なんで甲斐はこんなキスをオレにしてるんだろう。

オレをおとなしくさせるため？

幸村先輩に告げ口させないためなのかな。でも、キスしたからって、オレが告げ口しなくなるとは限らないじゃないか。

一体、どういうつもりなんだろう……。

ふと、オレは身体を撫でられてるのに気がついた。

最初は髪だったと思う。それから、肩から腕。今は太腿から腰にかけて撫でられてる。

おい、なんだよ……。何がしたいんだよ。

制服の生地って、それほど厚いわけじゃない。そんなふうにいやらしく撫でられたりすると、くすぐったくて……。

いや、くすぐったいだけならいいよ。どうも撫で方が違うんだ。まるで恋人同士の愛撫みたいな感じで、甲斐はオレの脚を撫でている。

「んっ……」

こんなの、早くやめてほしい。

なんだか身体がムズムズしてくるから。このムズムズを通り越したら、別の感覚に変わってしまいそうで怖いんだ。

やがて、甲斐のてのひらが太腿の内側から股間にかけて撫でていった。

ビクンと大きく身体が揺れる。

「んんっ……」

抗議の意味を込めて、甲斐の胸に手を伸ばし、押しやる。けれども、それくらいの力じゃ、甲斐の行動を妨げられないんだ。

変だ……。変だ。オレの身体。

嫌だって思ってるのに、股間を撫でられると、どんどんそこが鋭敏《えいびん》になっていくのが判る。

……っていうか、勃《た》ってるじゃないか、オレ。マズイよ、すごくマズイって。

オレがこうなってること、撫でてる甲斐にはとっくに判ってるだろうに、どうしてまだ撫でているんだろう。気持ち悪くないんだろうか。

だけど、気持ち悪いなら、最初からこんなことしてないはずだ。ということは、判っててやってるわけで……。

どうしよう。こいつ、オレに何をするつもりなんだ。

オレはどうすればここから逃げられるんだろう。

だけど、キスだけじゃなくて、なんだか撫でられてるそこも気持ちよくなってきてしまって、身体全体がもう甲斐には抵抗できないようになっていた。

唇が離れる。

「あ……」

当然、この行為はここで終わりなんだと思った。キスと、そのおまけで撫でられてただけなんだから、キスが終わりなら、おまけだって終わりのはずだ。

でも、甲斐はそこを撫でるのをやめてなかった。

「どうして……っ」

「嫌なんだ？」

「そんなの……決まってるだろっ」

身をよじって甲斐の手から逃れようとするけど、どうしても逃れられない。狭いソファの上にいるってことや、甲斐がオレの上にのしかかってることもあって、うまく身体が動かせないんだ。

「嫌だっ。もうやめろっ」

「気持ちいいんだろう？　遠慮しなくていい」

「馬鹿っ。遠慮なんかじゃ……ないっ」

ズボンの上からもみしだくように触られて、おかしくなりそうだった。

こんなことされて感じない奴なんかいるのか。よく判らないけど、とにかく、オレはそうだった。

大っキライな奴にそんなことをされて感じるのは、ものすごい屈辱《くつじょく》だ。けれども、それ以上に、その部分の気持ちよさには耐えられなかった。

「んっ……あっ……あっ」

甲斐はふっと笑った。

「すごく感じやすいんだ？　じゃあ、こんなことしちゃったら……」

「ああっ」

甲斐はオレのズボンのファスナーを下ろして、中に手を入れたんだ。

「やだぁ……っ」

瞬間、オレは泣き声みたいなのを上げてしまった。

だって、直接、そこを他人に触られたんだ。悲鳴くらい上げたくなっても当然じゃないかな。

「君、意外と可愛いんだね」

「どういう意味だよっ」

オレはキッとにらみつけた。今イチ、目に力が入らなかったけど、可愛いなんて言われたままでいるわけにはいかない。

「ああ、そうじゃないよ。君の反応が可愛いって言ってるだけだ」

甲斐はちょっと笑うと、オレの下着の中に差し入れた手を動かした。

「わっ……あっ……やめろぉっ」

口ではそう言ったけど、思わず腰が動いてしまう。これじゃ、甲斐にはオレが嫌がってることが判らないじゃないか。

そもそも、甲斐はどうしてこんなことしてるんだろう。

男のこんなの、触っても平気なのか。見かけは真面目でさわやかそうな外見してるのに、けっこう遊んでて、経験者なんだろうか……。

見かけどおりの奴じゃないってことはよーく知っていたけど、それでも、甲斐がこんな行動を取るとは思わなくて、オレは本当にどうしていいか判らなくて、呆然としていた。

いや、呆然としてる場合じゃなくて、なんとかしなくちゃ。

そうしないと、オレ、このままだと……。

「もう……嫌だ。本当に……嫌なんだっ」

オレは半分泣き声で訴えた。

「出そう？」

仕方なくうなずく。

こんな弱味、こいつに知られたくないけど、このままじゃ、オレはどうしようもないから。

「じゃあ……」

甲斐はオレの下着の中から手を出した。

ホッと息をつく。でも、その部分はすごく熱くなってて、このままだと治まりがつかないようだった。

「ほら、見てごらん」

甲斐はオレの目の前に手を差し出した。

「えっ……」

「君の、こんなにヌルヌルになっていたんだよ」

「馬鹿っ、そんなのわざわざ見せるなよぉっ」

顔がカーッと熱くなってくる。

「君が俺の手を汚したんだ」

「違うっ。あんたが勝手に触ったから、そうなったんだ！　オレは別にあんたに触ってほしいなんて言ってない！」

甲斐はふっと笑って、オレの頬にその手をなすりつけたんだ。

なんて奴だよ、こいつは！

「さあ、そろそろ本気で行こうか」

「は？」

本気って、なんのことだ？

すごくさわやかそうに言われたから、まるでこれからランニングに行こうかとでも言われたような気がするんだけど、そんなわけはないし。

甲斐は唇の端を上げて笑うと、オレの制服のブレザーに手をかけた。

「えっ、えっ？」

ブレザーのボタンを外《はず》され、それからネクタイも外される。

「あの……」

「窮屈《きゅうくつ》だろう？」

もちろんネクタイは窮屈だけど、どうしてそれを甲斐が外したりするんだろう。と思ったら、シャツのボタンまで外し始めた。

もしや……これはっ。

オレは甲斐の両手首をつかんだ。

「やめろよっ。何する気だ？」

「何する気だって？　ただ、君を楽にしてあげようとしてるだけだよ」

甲斐は両手を振りほどくと、オレのズボンと下着を引き下ろした。

「わああっ」

どうして、オレがこんな目に遭わなくちゃいけないんだっ。

それほどオレが悪いことをした？　そんなことはないはずだ。幸村先輩に告げ口されるのがそんなに都合が悪いことだったんだろうか。

だけど、オレにこんなことしてるのと、関連性がまったくないじゃないか。もしや、これって、単なるいじめだったりして。

「今更、そこを隠したって仕方ないと思わないかな?」

オレが勃ってる股間を両手で隠したのを見て、甲斐は言った。

「な…なんでだよっ。普通、こんなの、見られたくなくて隠すだろうっ?」

じゃあ、あんたは人に見せて平気なのかよって思う。無理やりキスされて撫でられて、こーんなことされてる相手に無防備《むぼうび》に股間なんかさらせるかって。

甲斐はふっと微笑んだ。

「今さっきまで俺はそこを触っていたんだよ」

そう言うと、手で刺激するポーズをしてみせた。

「馬鹿っ。恥ずかしい真似するな!」

「恥ずかしい? まあ、恥ずかしいのは、この場合、君だけだ。俺はちっとも恥ずかしくないからね」

ああ、そうだろうよ。

脱がされてるのも、勃ってるのも、オレだけだからだ。

「とにかくっ。なんでオレをこんな目に遭《あ》わせるんだ?」

「そんな質問は後回しだ」

甲斐はそう言うと、オレの股間を覆っている手を外した。

「わあっ、やめろっ！」

オレの大事なものは甲斐に再び握られてしまった。

そして……。

「あっ……やめろ……って……」

さっきよりももっと大胆に刺激されていく。そんなことされると、身体が勝手に盛り上がっていくことになるのに。

「こんなのっ……やだ！」

オレは抵抗しようと、身体を揺らしたけど、そこをつかまれてる以上、逃げられない。

しかも、甲斐に半分のしかかられ、狭いソファで身動きが取れなくなる。

このままだとイッてしまう。こいつの手に刺激されたまま。

そんなの、嫌だ……！

「もう……やぁ……」

不覚にも涙が出てくる。声だって完全に泣き声だし、どこからどう見ても泣いてるようにしか見えないだろう。

「そんなに……嫌なのか？」

甲斐は手を止めて、わざわざそんなことを訊いてくる。

「当たり前……だろっ……」

あんただって、同じ目に遭ってみろよって言いたい。身体は刺激されれば反応するし、気持ちはいいかもしれないけど、無理やりにされるのは嫌に決まってる。

甲斐はじっとオレの泣き顔を見下ろしている。あんまり見られてるから、恥ずかしくなって、顔を隠そうとした。

「隠すなよ」

甲斐はいつもとは違う優しい声で言って、オレの手を顔から離した。

「なんで……見るなって……」

「いい顔をしてるな」

「は……？」

いい顔って、どんな顔のことだろう。少なくとも、今のオレの顔はみっともない泣き顔でしかないぞ。それとも、甲斐はこういう顔がいいと本気で思ってるんだろうか。

そんなわけないよな。冗談か、それとも、からかってるのか……。

よく判らない。こいつの考えてることって。だいたい、オレにこんなことしてるのも、本当に謎《なぞ》でしかないしさ。

「俺にこういうことされるのは嫌なのか？」

「あぁ……っ」

軽く手を動かされて、思わず声を上げる。

「嫌なようには思えないけど？」

「見えなくてもっ……嫌なんだよっ」

オレは涙目になりながら、余裕の態度で自分を見下ろす甲斐の顔をにらみつけた。

「じゃあ……嫌じゃないようにしてやろう」

「え……？」

甲斐の唇がオレの唇に触れた。

なんだよっ。いきなりまたキスなんかしやがって。本当にあんたは何がしたいんだ。

そう思いながらも、キスをされると、ほとんど条件反射みたいに頭の中がカッと熱くなってくる。

なんで……こんなに優しくキスなんかするわけ？　やってることは無茶苦茶なのに。無理やりオレを脱がせて、こんなことしてんのに、どうしてキスだけ優しいんだ？

舌が絡んでくる。

変だ。下半身がムズムズしてくる。今は股間に触れられてないのに、そこに血液が集まったみたいになって、さっきより硬くなってるのが判る。

どうしよう、オレ。

甲斐はオレにこんなことして、何が目的なんだよ。

ああ、もう……。身体が熱くてたまらない。

ふと気がついたときには、オレは無意識のうちに自分のものを握っていた。

オレ、何してるんだ。自分でするつもりか？　甲斐にキスされて、イクのか？

自分で自分のしてることにガクゼンとする。

大事なところを握ってるオレの手に、甲斐の手が重ねられる。

「イキたいのか？」

「あ……だって」

オレは甲斐の視線から目を逸《そ》らした。事態はとっても恥ずかしいことになってるのに、じっと表情を観察されたくないからだ。

甲斐の手がオレの手の上からそこを刺激する。

「やだ……っ」

「よさそうな顔してるぞ」

「ちがっ……ああっ」

甲斐が手を止める。思わず刺激を求めて、腰のほうが動いた。

「してもらいたいんじゃないのか？」

「違う！　絶対……違う！」

自分でもよく判らない。自分がどうしたいのか……どうしてもらいたいのか。

だけど、身体のほうが刺激してほしがってるのは確かだ。自分の身体だから、それは判る。

でも……。

こんな奴にしてもらいたいわけじゃない。たぶん。

「もう……やめてくれよ……」

「……本当にやめてほしい？」

甲斐はオレの耳元でささやいた。

「あ……」

「耳が感じる？」

甲斐はオレのまた新たな弱点を見つけたという感じで、耳たぶにキスをした。

「やぁ……ぁっ」

馬鹿馬鹿っ。こんな耳たぶなんかで変な声を出すなよ、オレ。

だけど、続けて、耳の中に息を吹き込まれて、飛び上がるほど身体が震えた。

「君はここが弱いんだ？」

「違うっ……」

一応、否定したものの、何度も息を吹き込まれて、そのたびに身体がビクンビクン震えるから、ごましきれない。これでなんともないなんて絶対言えないよな。

そのうちに、耳たぶを口に含まれる。

「もう……やだ……」

「残念だけど、まだやめる気はないな。君が嫌だって言わなくなるまで、徹底的に刺激してあげるつもりなんだから」

「えっ……どうして？」

「君が可哀想《かわいそう》だから。嫌なのに、されたくないんだろう？」

いや、ちょっと待てよ。嫌だって言ってるのは、やめてほしいって意味だ。甲斐が言ってるのは、嫌じゃなくなるまで刺激するってことだろう？　それはなんか変だぞ。

しかも、その理由が、オレが可哀想だからって？

「可哀想なら、もうやめてくれよ……。それだけでいいんだから」

「ダメだね。君だって……もう治まりがつかないいんじゃないか？　ほら……」

甲斐は再び手を動かして、オレの手の上から刺激した。

「ああっ……あっ」

「イキたそうな顔をしてる。イッていいんだよ」

「嫌だっ……。あんたの見てる前でなんて……絶対嫌だっ」

こっちは泣いてるのに、甲斐はクスッと笑って、オレの頬にキスをした。

「可愛いなあ。そんなに泣かれると、こっちのほうが理性が飛んでしまいそうだ」

「えっ……」

どういうことだよ。甲斐の理性って……。

なんか、すごく怖いんだけど。

「でも、とりあえず、今は君をイカせたいんだ。そのために、君が嫌だって言わないようにしてあげる」

いや、だから、それって、原因と結果が逆のような。

甲斐はオレをイカせることが目的なんだ。なんだか判らないけど。で、オレが嫌だって言うから、こんなことしてるわけで。

でも、嫌だって言わなければ、無理やりにでもイカせられちゃうんだ。

どうしてっ。

どうして、こんなことに……。

「オレ……あんたの言うこと、聞くからっ。規則も守るし、楯突かないし、寮長にも告げ口しない。だから……」

「だから？」

甲斐は微笑んで、オレの目を覗き込んだ。

え……なんだか、ちょっとドキンとしちゃったよ。

今までこいつの顔なんかロクに見ちゃいなかったけど、さすがにみんなに人気のある副寮長だな。いい顔してるよ。笑ったところなんか、特にさ。

「だから、どうしてほしい？」

もう一度、甲斐は手を動かした。

「あ……」

「してほしいって言ってくれたら、いくらでもしてあげるよ」

「あ……そんな」

甲斐はとうとうオレの手を外して、直《じか》に触ってしまった。

「もう限界じゃないかな？　こんなところをこんなふうにされたら……」

先端部分を擦りあげられる。

「ああっ……やっ」

「我慢なんかしなくていいんじゃない？　気持ちいいならイけばいい」

「だって……」

これじゃ、あまりに強引だ。

「オレは……やめてほしいんだよ。だから……言うこと聞くからって言ってんのに」

「君は強情だね。身体はこんなに熱くなってるのに、まだそんなことを言ってるんだ？」

甲斐は大きく溜息をつくと、オレの身体の上で身じろぎをした。これだけ頼んだことだし、やっとオレの言うことを聞いて、退いてくれるのかと、オレは当然思った。

なのに。

甲斐はオレの両足をつかむと、いきなり胸まで引き上げたんだ。

「何……するんだよっ」

「君が強情だからいけないんだ。もっと早くにギブアップしていれば、こんな恥ずかしい目に遭わずにすんだのにね」

違うぞっ。あんたが勝手にオレを恥ずかしい目に遭わせてるんじゃないか。

「は……離せぇ……っ」

足をバタバタさせるが、しっかりつかまれて、しかも体重がかけられていて、この体勢から逃れられない。

股間を派手に晒した格好で、オレはどうすればいいんだよ……。

「いい子だから、おとなしくしてなさい。そうしたら……いい思いができる」

甲斐はオレの股間にいきなり唇を落とした。

嘘……。嘘、嘘ーっ。

だけど、どう見たって、甲斐の頭はオレの股間あたりにあるし、どう考えても、オレの大事なところを舐められてる感じがするんだよな。

快感がゾクゾクと背筋を這い登ってくる。

こんなの……おかしい。

オレ……今度こそダメになりそう。

「は……あっ……あぁっ」

敏感な部分を丁寧に舐められてる。オレの身体はガクガクと過剰に震えちゃってる。とまらないよ。どうしよう。

そのうちに、そこの部分がすっぽり熱く濡れた何かに包まれたんだ。

ドキドキしてくる。

甲斐がオレのを口で含んでる。そして、その口でオレを刺激してるんだ。

こんなことして……いいの？　気持ち悪くないわけ？

身体中の熱がぐーっとせり上がってくるような感じがした。

「あっ……もうっ……っ」

止められない。

身体にグググッと力が入ったかと思うと、オレはイッてしまっていた。

ハアハアと息をして、オレは快感の余韻に浸った。

もう……気持ちよすぎて、何も考えられない。もう何がどうだっていいよ……。

「……ずいぶん溜まっていたみたいだね」

甲斐が口元を拭きながら、顔を上げた。

オレはハッとして、ソファから飛び起きる。

オレってば……オレってば……。こいつの口の中でイッちゃったんだ。

今更だけど、快感の余韻が遠ざかってくるにつれて、事態の重さを認識しないわけにはいかなかった。

「オレ……」

どう言っていいか判らない。口の中なんかで出しちゃってゴメンって気持ちはある。だけど、オレが望んだことでもなんでもなかったんだ。仕掛けてきたのも甲斐なら、やめろってさんざん言ったのに、やめてくれなくて、自《みずか》ら口に含んだのは甲斐のほうだ。

オレは悪くないと思う。

なのに、この罪悪感はなんなんだよ。

甲斐はふっと笑って、オレの顎に手をかけた。

「な……なんだよ？」

オレは精一杯の虚勢《きょせい》を張って、甲斐をにらみつけた。

「そんなに突っ張っても、君の無防備な瞬間を見たよ。快感で頭がいっぱいになって、恍《こう》惚《こつ》となっていた君をね」

こいつ……！

甲斐はニヤニヤと笑いながら、オレの顎に手をかけたまま、頬にチュッとキスをした。

「どういうつもりだよっ！　オレにこんなことして……！」

「いや……。こんな恥ずかしいことをされたなんて、さすがの君も誰にも言えないよね？

寮長どころか、友達にもね」

頭を何かでガーンと殴られたような気がした。

まさかと思うけど、そのためだけに、オレにこんなことをしたのか。

「人でなし！」

「かまわないよ。悪口歓迎。でも、俺の言うことは聞いてもらうつもりだ」

涙が出てくる。寮自治会室で説教されていたときは、まさか、ここまで陰険《いんけん》な奴だとは思ってなかったよ。

くそーっ。さわやか系の顔をしてるくせに！

こいつは大嘘つきだ。詐欺師《さぎし》だ。大魔王だ！

オレともあろう者が、こんな奴に引っかかって、振り回されて、こーんないやらしいことをされちゃうなんて。

「君の泣き顔、可愛いなあ。君がその気なら、もう少し先に進んでもいいんだけど」

オレは甲斐の手を、パンと大きく音が響くように払った。

「冗談じゃないっ。誰が……！」

「そう？　俺としては、ここまでしてしまったら、君とはもう他人じゃない気がするんだけど。君がしたいときは、いつまでも俺に言っていいよ。いくらでも可愛がってあげるから」

こいつ……。

盗人猛々《ぬすっとたけだけ》しいとは、このことだ。

「あんたとオレは、間違いなく他人だ！　もう一度でも、こんなことしてみろ。恥を忍んで、寮長に言いつけるからな！」

「おお、怖い」

甲斐は大げさに肩をすくめた。

「ま、そんなわけだから、君は俺の言うことを聞くように。俺を怒らせたら、容赦《ようしゃ》しないからね」

ゲッ。どう容赦しないんだよ。

強気でいきたいけど、甲斐と同室なのはマズイよな。逃げ場がないし、プライベートな生活すべてがこいつと一緒なんだから、やろうと思えば、なんでもやれるよ。たとえば、オレの寝込みを襲うとか……。

オレは想像して、ちょっとドキンとした。

いや、ドキンじゃないってば。

でも、大事なところを手だけじゃなくて、口でもされたんだ。ああいう感覚は初めてだし、カラダ的にはドキドキしてしまうよ。

もちろん、甲斐にこれ以上のことをされてしまうわけにはいかないから、断固《だんこ》、阻止《そし》しないと。

なんだか、寮則を守るとか守らないとか、それどころじゃなくなってきたような気がする。

オレの貞操《ていそう》が守られるか、守られないか。

いや、絶対、守ってみせるぜっ。

オレは固く決心した。


翌朝、寮の食堂でオレは幸村先輩に会った。偶然、同じテーブルの向かい側に座ったんだ。

幸村先輩は長身で背筋がスッと伸びた姿勢のいい人だ。長い髪を後ろで束ねていて、なんだか若侍《わかざむらい》みたいな印象があった。

さすが幸村先輩。というか、そういう立派な風格を持っていた。見かけはさわやか系のクセにキチクな副寮長とは大違いだ。

幸村先輩は恋人の南野を横に座らせていた。間近で見ると、可愛い顔をしているが、まあ、オレは南野のことなんかどうでもよかった。

「最近の千原は、寮則も校則もきちんと守ってるそうだな」

幸村先輩はテーブルの向こうから、笑顔でオレに話しかけてくる。

ああ、そうか。幸村先輩って、こういう顔もするんだ。いつも説教されるときしか会ってないから、なんとなく笑わない人かと思っていたよ。

「そうなんだ。最近の千原君はすっかり改心したみたいで」

オレの横にちゃっかり陣取ってる甲斐が口を出す。

何が改心だ。それじゃ、オレが悪人みたいじゃないか。どっちかっていうと、悪人はてめえだろっ。

……いや、そうじゃなくて。先輩、オレは無理やり改心したフリをさせらてれるだけなんです。オレの隣にいる極悪人がオレにひどいことするって脅かすから……。

だけど、甲斐のそばで告げ口なんかできない。というより、もうオレは告げ口できない身体になっちまったんだけどさ。

ううう。ホントに泣けてくるぜっ。

甲斐はオレの肩を親しげに抱いた。

「本当に千原君はいい子になって……俺は嬉しいよ」

オレは嬉しくないよ。あんたにくっつかれて。

でも、まさか幸村先輩の前で甲斐の手を振り払えない。そんなことしたら、報復が怖いからだ。オレは甲斐と仲良しのフリで、引きつった笑顔を幸村先輩に披露《ひろう》することになった。

「おまえ達、ずいぶん仲がよくなったようだな」

幸村先輩は何故か微笑みながら言う。

先輩、先輩っ。オレのこの引きつった笑顔が見えてないんですかっ。強盗に後ろから拳銃を突きつけられてる気分なんだけどっ。

こんなに必死に目で訴えてるのに、幸村先輩にはオレの気持ちが判らないらしい。というか、先輩も所詮、甲斐の味方なのかもしれないとオレは思い始めた。

そうだ。寮則を破ってばかりだったオレより、大事な右腕である甲斐のほうが大切なのは、判りきったことだ。

せめて、まだ昨日、あんな目に遭う前だったら、ストレートに幸村先輩に苦情が言えたのに。

かえすがえすも、悔やまれる。どうして、もっと早く行動を起こさなかったのかって。だけど、まさか、ドアをノックしようとしたところで、荷物のようにその場から連れ去られるなんて、思いもしなかったんだ。

ああ、オレって、不幸だ。

やがて、食事は終わり、先輩は南野を連れて、部屋に帰っていく。オレは溜息をつきながら、甲斐と共に部屋に戻ることに……。

「残念だったね。幸村は君の切ない気持ちなんか絶対気づかないだろうな」

甲斐は廊下を歩きながら楽しそうにそう言った。

「うるさいっ！　だいたい、なんでそんな親しげにオレの肩なんかを抱いてんだよっ」

「ああ、これね。恋人同士みたいだろう？」

「はあ？」

どうしてオレと甲斐が恋人同士みたいに装《よそお》う必要があるんだろう。どこにもないと思うんだが。

「つまり……。幸村には、俺と君がデキてるように見えたわけだ」

「なんだとっ！」

オレは甲斐から飛びのいた。

甲斐は楽しげに笑い声を上げる。

「あの人も昔はてんでそういうのには弱かったが、今は自分に恋人がいるから、妙に敏感なんだよね、そういうのに」

敏感じゃないだろ。それは単なる誤解だ。

なんにしても、あのときの幸村先輩の微笑みは、オレと甲斐のカップル誕生に向けられた微笑みだったらしい。

ショックだ……。

世の中、不条理だ。オレはただ、寮則をちょっとばっかし破っていただけじゃないか。

それなのに、どうしてここまでひどい目に遭わされるんだよ。

「これで君が勇気を振り絞って幸村にいろいろ告げ口したとしても、幸村にはただの痴話喧嘩に見えるって寸法だ」

「あんたは悪魔か！」

「せめて謀略家とでも言ってほしいね」

くーっ。こいつって、ホントにやな奴だ。今更ながら、オレは確信したね。

とにかく、オレはこいつをどうにかすることを考えなくちゃ。そうしないと、甲斐が副寮長である限り、ずーっとこいつにくっつかれかて、挙句の果てにとんでもないことになりそうだからだ。

だいたい、このままずっと規則を守り続けるなんて、オレの性には合わない。こんな籠《かご》の鳥みたいな生活は嫌なんだ。自由が欲しいよ、自由が。

そんなわけで、オレはある作戦を敢行《かんこう》することにした。

名付けて、色仕掛け作戦だ！

甲斐がオレをあんな目に遭わせたのを逆手に取って、オレが甲斐を好きになったという設定で、自分からくっついていくんだ。で、あいつがすっかりその気になったときに、冷酷にフッてやるんだ。

我ながら、いい考えだ。

そして、傷心のあいつはもうオレには関わらなくなる、というわけだ。めでたし、めでたし。

多少のリスクは覚悟の上だ。まあ、どうせあそこまでされたんだから、たとえもう一度や二度あんなことされたって、どうってことない。いや、本当はあるけど、背に腹は変えられないから。

オレはどうしても自由が欲しいんだよ。そして、あいつを見返してやりたい。

それに……。

幸村先輩も恋人ができて、ちょっと変わったらしいから、甲斐だって、もしオレが恋人になったら、もうちょっとオレに甘くなるんじゃないかな。

そんな淡い期待をしつつ、オレは一人で作戦を練《ね》った。さすがに、状況がこうなってしまっては、相崎には頼れないしな。

ああ、早く傷心の甲斐を見たいぜっ。

オレの想像は、早くも一足飛びにそういう方向へ飛んでいた。

授業が終わると、オレはその足で甲斐の教室へと向かった。

なんていうか、先制攻撃ってところかな。

甲斐は廊下で待ってるオレを見つけると、本当に目を丸くしていた。

「どうしたんだ？　こんなところで」

「あんたを待ってたんだよ」

「……ええっ？」

甲斐はさらにビックリしたように目を丸くする。かなり意外だったらしい。そりゃあ、オレだって、こんな計画でもなければ、わざわざ自分からこいつの傍に寄ろうとは思わないよな。

「何か緊急の用でもある？」

「別に。ただ一緒に帰ろうかと思ってさ」

「え……？」

甲斐はまじまじとオレの顔を見つめた。

「どういう風の吹き回しかな。何か企《たくら》んでる？」

「失礼な奴だな。オレはあんたを嫌ってばかりいたけど、どうしたって、あんたはオレにくっついてくるみたいだし、だったら、たまには親交を深めてみようかと思っただけだ」

まあ、いきなり好きになったんだーっとか言っても、わざとらしすぎるからね。最初はこんなところでどうだろう。たぶん、それほど違和感ないと思うんだけど。

ちょっとビクビクしながら上目遣いで甲斐の顔を見ていると、甲斐はしばらく探るような目つきでオレを見ていたが、やがてにっこりと笑った。

ドキン。

……って、何がドキンだよ。と自分でツッコんでしまったが、やっぱりこいつの顔は、さわやか系なんだよ。性格に似合わず。

だから、笑顔になると、こいつのとんでもない性格を知ってるオレでさえも、ドキドキしてきてしまうんだ。

いや、オレ、別にそういう趣味はないしっ。ドキドキする理由なんか、これっぽっちもないんだけどさ。

自分で自分のドキドキに、必死で言い訳を考える。

「じゃあ、一緒に帰ろうか」

甲斐はにこにこしながら、いきなりオレの手を握った。

「な…何するんだよっ」

オレはその手を振り払おうとしたが、吸盤《きゅうばん》でもくっついてるみたいに振り払えなかった。

「真っ赤な顔しちゃって、可愛いね」

甲斐はまるでオレがこいつに惚れてるかのようなことを言いだした。

違う。違うっ。オレはまだそんなこと言ってないだろっ。ただ親交を深めようかと言っただけだ。

勘違いされたほうが、オレの計画に都合がいいと判っていながら、いきなりこれだと、どうにもこうにも……。オレのほうが心の準備ができてないっつーの！

「オ、オレはその……あんたと手をつなぎたいわけじゃ……」

「ああ、恥ずかしい？　なら、こっちでどうかな？」

今度はふわりと肩を抱かれた。

「そうじゃなくてっ……。なんで普通にできないんだよっ？」

「普通じゃないかなあ。可愛いルームメイトがやってきて、一緒に帰ろうなんてこと言ってくれたら、こうするのが普通だろ？」

こいつ……！

実はタラシなんじゃないか？　男らしい先輩として、一年生の間では、幸村先輩と共に名前を挙げられるこいつだが、陰ではいつもこんなことしていたに違いない。ちくしょーっ。きっと泣かされたのは、オレだけじゃないんだ。みんな、こいつの卑怯《ひきょう》な手に引っかかってるから表沙汰にならないだけで、実際には何人もこいつの餌食《えじき》になってるに違いない。

オレはそいつらのためにも、こいつを夢中にさせといて、思いっきりフッてやるぜ！

しかし、心の中の決心とは裏腹に、オレは甲斐を夢中にさせる方法なんか、実はまったく判ってなかった。

だいたい、オレは男と付き合ったこともないし、どうしたら相手を惹《ひ》きつけられるかなんて、考えたこともないんだ。

だから……。

「さあ、帰ろう」

そう言って、肩を抱いたまま歩く甲斐に、オレは黙ってぎこちなくついて歩くことしかできなかった。

うーん。オレはロボットかって。

そんなふうに昇降口に向かって歩いていると、途中で甲斐がなんだかハッとしたように、いきなり緊張したんだ。

オレもなんだろうって思って、甲斐が見てる方向に目をやった。

そこには、生徒会長の浅見がいた。そして、その背後には、生徒会役員と見られる取り巻きもいる。

確か、生徒会と寮自治会はとてつもなく仲が悪かったんだよな。だからって、廊下の途中で顔を合わせたくらいで、こんなに甲斐が緊張するなんて、オレはすごく不思議に思った。浅見っていうのは、よっぽど甲斐にとって嫌な相手なんだろう。

「おや。幸村にも春が来たと思ったら、君にも来たらしいね」

浅見はイヤミったらしい口調でそう言った。

「そりゃ、どうも。そっちの頭の中ほど春じゃないと思うけどね」

甲斐はそんなふうにあっさりと浅見に返す。

生徒会役員にはきらびやかな容姿を持った奴らが多いが、その筆頭が浅見自身だ。見た目はどこかの王子のように気品のある整った顔をしているが、オレに言わせりゃ、顔と中身が一致するとは限らないんだから、甲斐の警戒の仕方から見て、ロクでもない奴に違いないと思うんだ。

それに、オレはどっちかっていうと、幸村先輩のファンだからね。敵対する浅見にいい感情を持てなくても当たり前だろう。

浅見は甲斐の答えを聞いて、クスクスと笑った。

「君は相変わらずだねえ。いつも僕は思うんだけど、君みたいな人間が幸村の下についてるのは、もったいないことだよ。いつまでも汚れ役なのは、自分でも割に合わないとは思わない?」

「思わないね。俺はあの人のまっすぐで不器用なところが気に入ってるんだ。それをフォローすることが俺の役目だと思っているし、それを汚れ役だなんて思ったことは一度もない」

オレは二人の会話がどういう意味を持ってるのか、よく判らなかったけど、甲斐が浅見のイヤミに対してきっぱりと言い返したところは、なんだかちょっと格好いいなんて思ってしまった。

オレはやっぱり幸村派の人間なのかな。さんざん寮則を破って、幸村先輩を困らせたオレだけど、浅見の油断のならない笑顔を見てると、こっちの味方をしてしまいたくなる。

「まあ、もし幸村の下にいるのが嫌になったら、いつでも寝返っていいよ。君みたいな有能な人間はとても役に立つ。僕にとってもすごくね」

浅見はそう言って、旧校舎のほうへと取り巻きを引き連れていった。甲斐は無言だったが、浅見が見えなくなった後で、苦々しげに舌打ちをした。

「浅見の奴……」

「あの…さ。汚れ役ってどういうこと？」

どうしても意味が判らなくてオレが尋ねると、甲斐は小さく溜息をついて、オレの頭に手を置き、グリグリと乱暴に撫でた。

「きっと、俺が幸村のフォロー役に回っていることを言ってるんだろうな。まあ、はっきり言って、そんなふうに言われるのは心外なんだけどね」

よく判らないが、甲斐には甲斐の苦労があるってことだろうか。

オレは今までただ甲斐に反発ばかりしていたけど、もうちょっとだけ、こいつの内面みたいなものに触れてもいいかなと思った。

一応、同室なんだしさ。甲斐を陥《おとしい》れるためにも、もっといろんなことを知るのは悪くないよな。

「浅見なんかと顔を合わせて、せっかくいい気分だったのに台無しだ」

甲斐はそう言って、オレの肩をまた抱いた。

「いい気分だったんだ？」

「ルームメイトがわざわざ教室までお迎えに来てくれたんだ。悪い気分はしないだろう？」

確かに。甲斐にしてみれば、オレを手なずけたって感じなんだろうな。あいにくと、これは演技なんだけどさ。

「さて、気を取り直して、帰るとするか」

甲斐はオレの肩を抱いたまま、また歩き出した。

寮の部屋に帰ると、オレはいきなり甲斐に抱きしめられた。

「えっ……ちょっと！」

あまりに唐突だから、ビックリした。というか、なんでオレがこいつに抱きしめられなきゃいけないわけ？　恋人同士でもなんでもないのに、当たり前みたいに人の身体を抱きしめないでほしい。

オレは身長が小さいから、抱きしめられると、甲斐の腕の中にすっぽりはまってしまって抜け出せないんだ。顔が胸のあたりに押しつけられてしまうしさ。ホントにこんなことされると、オレは迷惑なんだって。

でも……。

こんなふうに抱きしめられてると、不思議な感じがする。

こう、なんていうか、甘酸っぱい感情がオレの中に広がるんだ。そんなの、勘違いだって判ってる。だけど、抱きしめられることで、オレが甲斐に大事にされてるような気がしたんだ。

甲斐はしばらくして、オレを離した。

「なんの……つもりだよ?」

「いや……。浅見の奴があんなことを言うから……。俺は汚れ役なんかじゃないつもりなのにって思うと、いろいろとね」

甲斐の複雑そうな表情を見て、オレは思わず甲斐の腕にしがみつくようにして言った。

「あんな奴の言うことなんか気にすんなよっ! あんたらしくないぜっ」

甲斐の目がオレをじっと見つめる。

ハッとして、オレはあわてて甲斐の腕から手を離した。

何言ってるんだよ。オレ……。甲斐の奴を元気づけてどうするんだって、ホントにもう。

「嬉しいな。そんなふうに君が俺を慰《なぐさ》めてくれるとは思わなかった」

「オレは……別に、あんたを慰めようなんて思ってたわけじゃ……」

そんなふうに思われたのかと、オレのほうは焦《あせ》ってしまう。だいたい、なんでオレがこいつを慰めてやらなきゃいけないんだ。そんな義理もないし、そもそもオレはこいつにひどい目に遭わされたんだぜ。

しかも、脅かされてる最中なんだし。

甲斐は再びオレをキュッと抱きしめた。

「あ、あの……さ」

「どうせだったら、もっと慰めてほしい」

「だから！　オレは……っ」

そんなつもりはないんだって言おうとしたら、唇をふさがれてしまった。

あっと思ったときには、もう舌が入ってるし、どうにもならない。オレは無抵抗状態で、甲斐にキスをされまくっていた。

いや、抵抗したいんだ。本当は。だけど、なんか力が入らなくってさ。

オレ、おかしいよ……。こんなことされておとなしくしてるなんて……こんなのオレじゃないって。

だけど、口の中をかき回されるようにキスされてると、頭の中がふわふわしてきて、ついでに身体のほうも熱くなってくるから、抵抗できないんだ。

オレは別にこいつを慰めてやりたいわけじゃないのに。

舌を絡められると、もうどうしていいか判らない。

しばらくして唇を離される。でも、もう一人で立っていられないくらいに、オレの身体はフラフラになっていて、甲斐の胸にすがりつく羽目になる。

「そんなに気持ちいい？」

「あ……違う……」

「でも、一人で立てないんだよね？」

実際、甲斐にしがみつかないと、とても立っていられない状態だったから、仕方なくうなずいた。

「じゃあ……こっちにおいで」

甲斐はオレを抱きかかえるようにして、ソファを通り越して、自分のベッドまで連れていった。

えっ、なんでベッド？

そう思ったものの、甲斐がオレをそこに座らせるから、黙って腰を下ろす。

「ブレザー、皺《しわ》になるといけないから脱いでおこうか」

そう言われて、オレはボーッとしたままブレザーを脱いだ。いや、だいたい帰ってきたら、普段着に着替えるから、そういうつもりで脱いだんだ。

甲斐は自分もブレザーを脱ぐと、二人分のブレザーをオレのベッドの上に置いた。クローゼットに直さなくていいのかなあとボンヤリ思っていると、甲斐がオレの隣に座ってきた。

身体が触れ合うくらいの距離だ。甲斐の体温を感じて、オレはわけもなくドキリとする。

「千原君……」

「あ……」

気がつくと、オレは甲斐に抱きしめられるようにして、ベッドに横になっていた。

えーと……。なんでこんなことになってるのかな。

オレはちょっと呆然としながら、自分が置かれた状況について考えてみた。

甲斐はオレに慰められたがってるんだ。……って、まさかと思うが、甲斐はオレに身体で慰めてほしいなんて思ってんじゃないだろうなっ。

オレはかなりあわてた。

甲斐はオレの上にのしかかっていて、オレの弱点である耳たぶにキスをしようとしていた。

「馬鹿っ。ちょっと……やめろって」

身をよじるけど、そんなことで簡単に逃げられるなら、昨日みたいなことはなかったわけで。

「あっ……あっ」

オレは耳に息を吹き込まれて、大げさに反応してしまった。

「可愛いなあ……。もっといい声を出して」

「だからっ……オレはっ……あぁぁ……」

耳たぶを舐められてるよ。何もそんなところを舐めなくたっていいじゃないかあっ。それに、耳たぶ舐められながら、オレのネクタイを外さなくても……。

オレは身体をビクビク震わせながら、ギュッと目をつぶって快感に耐えていた。

シャツのボタンが外されて、中に手が侵入してくる。

「あっ……」

裸の胸を撫で回されてる。

こんなの、オレ、初めてだよ。いや、もちろん、こんな経験が何度もあったら、すごく問題だけど。

「君の肌、気持ちいいね」

「何……言ってんだ……」

「聞こえなかった？　気持ちいいって言ってるんだよ。君の胸の肌触りが」

「ああっ……んっ」

甲斐はオレの胸にまでキスをしてきた。

どうして、こんなことまで……って思う。甲斐は男の胸を撫で回したり、キスしたりしても、気持ち悪くないんだろうか。

だけど、さらに疑問なのは、オレがどうして気持ち悪くないんだろうかってことだ。男に胸を触られ、キスされてるのは、オレ自身なのに。

おかしいな。

もっと気持ち悪くてもいいはず。吐き気がしたっておかしくないはずなのに。

どうして……。

「あぁ……んなとこ……ッ！」

甲斐は乳首に触れて、そこにキスをしたんだ。

「は…恥ずかしいことしやがってぇ……」

「恥ずかしいんだ？　どうして？　もっとすごいことしたのに？」

そりゃあ、そうなんだけど。昨日のことを考えたら、全然大したことじゃないのかもしれないけど。

「女じゃないのに……そんなとこ触って……おかしいじゃねえか！」

甲斐はクスッと笑った。

「細かいことは抜きにしよう」

抜きにできないから言ってるんだって。

「それに……」

甲斐はオレの乳首を指先で撫で回す。

「ココ、触られると気持ちいいんだろう?」

「ち……違う……っ」

首を横に振ったけど、甲斐はオレが否定しようが何しようが関係ないようだった。指は相変わらずそこを撫で回しているし、オレはそこから湧き上がってくる快感に、唇を噛み締めるしかなかった。

「我慢しなくていいよ。声を出して」

「なんで……っ」

「そんなことは言わなくていい。気持ちいいんだろう?　だったら、正直な気持ちだけ声にすればいい」

「だからっ……なんでオレがそんな……声を出したりしなきちゃいけないんだっ」

甲斐はふっと笑って、指で撫でている部分にキスをした。

「ああっ……」

「君が気持ちいいのは判ってるから。素直になりなさい」

オレはそれでも首を横に振った。

こんなの、嫌だ。

昨日みたいなことをやりたければ、さっさとやればいいんだ。こんな……胸なんか触って、オレに恥をかかせやがって。

「意地を張ると、つらいよ」

甲斐はそこを指で弄《もてあそ》ぶのをやめて、代わりにその部分にキスを繰り返す。

「あぁ……あっ……」

恥ずかしいのに、どうしてこんな声が出ちゃうんだ。オレは本当に嫌なんだよ。これは……気持ちよくなってるんじゃないんだってば。

必死で自分にそう言い聞かせていたけど、舌で乳首を転がすように刺激されて、オレは自分の身体に震えが走るのを感じた。

「い……やだ……っ」

オレはついに泣いてるような声を上げた。

「降参する？」

何か勝負していたわけでもあるまいし、降参も何もないだろうと思うが、オレは仕方なくうなずいた。つまり、感じてることを認めたってわけだ。

「だから……もう、やめてくれよ……」

オレは涙の滲《にじ》んだ目で甲斐の顔を見つめた。

甲斐はそんなオレの唇に軽くキスをする。

「気持ちいいなら、やめる必要なんてないじゃないか」

「だって……」

「恥ずかしいんだ？」

ニヤニヤ笑いながらそう訊かれるのは腹が立つが、事実だからうなずいた。どうか、オレの気持ちも汲み取ってくれっていうことだ。

「じゃあ……恥ずかしくないようにしてあげよう」

甲斐はそう言うと、自分のネクタイをするりと外した。

何をするんだろうと見ていたら、それをオレの顔に近づけるんだよ。

「な、何っ……？」

「目をつぶってごらん」

何故かオレは抵抗することも忘れて、言われるままに目を閉じてしまった。すると、目の上に何か布のようなものが巻かれる。

ネクタイだ……。

つまりネクタイで目隠しされたんだ。

「どうして、こんなことを……」

「見てるから恥ずかしくなるんだ。見てなければ……平気だよ」

そんなあ。

ってことは、甲斐はこのままこの恥ずかしいことを続けるんだろうか。オレは嫌だって言ってるのに？

「あ……」

首筋にキスをされる。

目が見えないから、突然のキスに思えて、オレはビクンと身体が揺れた。

「きっと……見えない分、感覚がもっと鋭敏になるよ」

「そんな……オレ……」

オレはそんなこと望んでない。恥ずかしいから、やめてくれって言っただけなのに。

どうして。

甲斐って、すごく意地が悪い。もちろん最初からオレに対してはそうだったんだけど。

「ほら……ここも自由にしてあげよう」

そう言われたかと思うと、ズボンのベルトを外される。

「いや……だっ」

そこのほうがもっと恥ずかしいことになってるのに。

だけど、身体が痺れたようになって、逃げ出せない。もちろん、逃げ出したところで、大して意味はないよ。

どうせ、甲斐は自分がしたいと思ったことはする。そして、オレは同じ部屋でいる限り、逃げ場もないし、こうなった以上、どうしようもないんだ。

だって……。

「勃ってるよ」

ズボンと下着をずらされると、その部分が露《あらわ》になる。

今、甲斐にじろじろそこを見られてるんだ。

「いちいち指摘されなくたって……」

「とっくに判ってるって？　そりゃあそうだね。こんなになってたら……」

「ぁ……ぁぁ……」

敏感な部分を握られて、オレは全身を震わせた。

「まだ軽く握ってるだけなのに。今からそんなに感じてどうするの？」

「だって……」

見えないから鋭敏になるって言ったのは、そっちじゃないか。

甲斐はオレの下半身を覆っていたものを全部脱がせてしまった。

目は見えないけど、自分がどんなみっともない格好しているか判る。目隠しをされて、上半身はシャツをまとっているだけ。そして、下半身は裸で、しかも勃ってるんだ。

「こんなの、嫌だっ」

「嫌じゃなくて、気持ちいいの間違いでしょ」

甲斐は再び首筋にキスをしてきた。

「あ……あ……」

こんな小さな刺激じゃ満足できない。股間のものがちょっと握られたせいで、我慢が効かなくなっている。

オレは腰を揺らした。

「そこはまだだよ」

「そんな……ぁ」

もっとしてほしいのに。

思わず自分で触ろうとしてしまい、甲斐に手をピシャッと叩かれる。

「ダメだよ。我慢できないなら、この手も縛ってしまうからね」

「ひどいっ……」

「それとも……縛ってほしい？」

甲斐の声が身元で聞こえた。

身体にどうしようもない震えが走る。

「あっ……」

「縛ってほしいんだ？」

「違うっ！」

一瞬、答えられなかったのは、縛られたかったわけじゃなくて、耳元で声を出されて、なんだか判らないけど、感じてしまったからだ。

だけど、甲斐はオレの返事なんか聞いてなかった。たぶん……オレのネクタイでオレの両手首をひとまとめにして縛ったんだ。

「こんな……ことって……」

「痛くないだろう？　緩く縛ってるだけなんだから」

でも、縛られている事実は変わらない。そして、そんなことをされている衝撃も同じだ。

どうしよう。オレ……こんないやらしいことされてる。

嫌なのに……嫌なのに。

それでも、胸がドキドキするのは何故《なぜ》なんだろう。まるで何かを期待してるみたいに、オレは甲斐の次の行動を待っていた。

「可愛いよ」

オレを揶揄《からか》うように言うと、頬にキスをする。

「あ……」

「頬にキスされても感じる？」

「そうじゃないっ」

「じゃあ、なんだろう？」

「ただ、いきなりキスされたから……それでビックリして……」

オレは目隠しされてるんだよって言いたい。本当に外部からの刺激に無防備なんだ。しかも、両手を縛られて、バンザイみたいな格好させられてるんだし。

「そうか。それなら、もっと感じるところにキスしてあげないといけないね」

甲斐はオレの頭を抱くようにして、唇にキスしてきた。

「……んっ」

どうしたんだろう。さっきより感じてしまう。身体のほうが盛り上がってるから？　それとも、これも目隠し効果なんだろうか。

甲斐の舌が優しくオレの口の中を愛撫《あいぶ》する。

我慢できなくて、オレは自分から相手の舌に絡めてみた。すると、反対に絡め返されて、ドキドキする。

唾液《だえき》なんか混じりまくっちゃって。

それでも、不思議と汚いなんて思わない。それがまるで媚薬《びやく》か何かのように思えるんだよ、今のオレには。

ああ、オレ……。

おかしくなっちゃった。

身体が熱くて、何かしてもらいたくて……。気持ちよくなるためなら、今は甲斐の言いなりになってしまいそうだ。

甲斐の指が胸の突起に触れる。

キスしながら、そこを撫でられるんだよ。もう身体がビクンビクンって震えるし、それでも甲斐はオレにキスするのをやめなかった。

「んんっ……んっ……」

部屋にはオレの吐息とベッドがきしむ音、それから衣擦《きぬず》れの音だけが響いている。

SHOHO

もし、こんな声が誰かに聞かれたら……って、ちらりと思ったけど、もうそんなことなんかどうだっていい。

今はオレの快感が優先だった。

「ぁ……あっ……ん」

唇が解放されると、今まで抑えていた声が出てくる。もう、とにかくやるせなくて、オレは頭を左右に振った。

「千原君……どうしてほしいの？」

どうしてほしいって、言われても。

言えない、そんなの。言えるわけないじゃないか。イキたいなんてさ。

それに、オレはイキたいけど、甲斐にイカせてもらいたいわけじゃ決してないんだ。それなのに、甲斐におねだりはできなかった。

「腰をもじもじさせてるのに、言えない？」

オレはいつの間にか無意識のうちに腰を動かしていたらしい。確かに、勃っている部分が切なくて、じっとはしていられない気分だったけど、まさか本当に動かしていたとは。

「手を……解いてくれたら……」

「ダメだよ」

甲斐はあっさりとオレの遠慮がちな望みを断った。

「なんのために君の手を縛ったか判らないじゃないか」

「だって……オレっ」

甲斐は小さく溜息をついた。

「だから、素直に言えばいいだろう？　言ってくれさえすれば、昨日みたいに気持ちよくしてあげるよ」

昨日みたいに……って、なんだか思い出してしまう。

オレにとっては不本意なことだったけれども、確かに気持ちはすごくよかった。でも、あれって、口でされたんだよな。

そして、オレは甲斐の口の中でイッちゃったんだ……。

「さあ……言ってごらん」

ううう。どう言えって言うんだ。してくださいって言うのか、オレが？

イキたいけど、やっぱり言えない。恥ずかしいのもあるけど、オレは無理やりされてんのに、自分で言ってしまったらアウトだろう。

それじゃ、無理やりじゃない。合意の上でやったことになってしまう。

違うよ、そんなの。オレは自分から望んで、こんなことをしてるわけじゃないだろ。今日だって、甲斐が一方的にオレに慰めてほしいとか言い出したのに。

オレが悪いんじゃない。絶対違う。

「どうして、そんな恥ずかしいことをオレに言わそうとするんだよっ。ホントは……自分がしたいだけなんだろっ？」

「ふーん。そう来たか」

甲斐はちょっと身体を起こして、オレの腹を撫でた。

あまりに微妙な場所だから、ビクッとオレの身体が揺れる。それにかまわず、甲斐は脇腹や腰に触れてきた。

「やっ……あっ」

「こんなに感じてるくせに、まだ理性があったんだね」

「あ…たりまえだろっ……」

「ねえ、千原君。俺は慰めてほしいんだよ。判ってるかな？」

そうだ。だから、オレがあんたにおねだりしなきゃならない理由はないんだってば。

甲斐のてのひらがいやらしく太腿《ふともも》を撫で回した。

「もう……やだっ」

そんなところばかり撫でられたら、我慢ができなくなるじゃないか。

「何が嫌？」

「う……」

そこじゃなくて、他のところを撫でてほしいなんて、絶対言えない。どんなにそっちに誘導されても、やっぱり嫌だ。

「強情だねえ。俺は勝手に君の身体に慰めてもらうこともできるんだよ」

「えっ……？」

勝手に慰めてもらうことができるって、変な日本語じゃないかなあ……なんて、オレは思った。

「つまり、俺は君の身体を刺激しただけで喜べるほどヘンタイじゃないってことだ」

あ……足に何か当たってるよ。

「判る？　硬くなってるのが」

オレは泣きたくなってきてしまった。

どうして、オレはこいつのベッドに連れ込まれて、目隠しされた上に手を縛られて、しかも脱がされてるんだろう。

こんなことされたら、いくら嫌でも、オレは逃げられないじゃないか。

オレとしては、昨日のアレが最悪なことで、それ以上のことはないって思い込んでいたんだ。まさか、こいつがマジでオレにそういう行為をしたがってるなんて思いもしなかったしさ。

ホントにどうしよう……。

こんな格好で逃げられないし、甲斐はしようと思えば、いつだってできるじゃないか。

今のオレにできるのは、悲鳴を上げて、誰かに助けを求めるくらいかな。

でも、こんな格好を誰かに見られたくない。普通の状態ならまだしも、勃ってるんだぜ。

「俺は君に慰めてほしい。君だって……俺に慰めてほしいだろう？」

太腿から股間にかけて、すっと撫でられる。

身体がその一瞬に反応して、ビクンと揺れた。

「オレは……」

「君は今日、俺のクラスまで来てくれた。そして、俺に浅見のことは気にするなと言ってくれた。……俺のこと、今はそれほど嫌いじゃないんじゃないか？」

ちょっと待てよ。

オレが甲斐のクラスに行ったのは、色仕掛け作戦のためだ。だからって、そんなに単純にオレのこと信じるなよ。頼むから。オレは昨日まであんたに悪態《あくたい》ついてた奴なんだぜ。

それが急に好きになるはずなんかないだろう？

それに、浅見のことはなんかオレも嫌な奴だと思ったからさ。ただ、普通に、気にするなって言っただけじゃないか。別に、あんたに何か特別な感情があって言ったことじゃないよ。

「俺のほうは……なんだか君が可愛く思えてきてしまって……」

甲斐はそう言いながら、オレの股間のものを軽く握った。

「ちょっ……ちょっと！」

どうして、そんなに簡単にオレの色仕掛け作戦にハマってしまうんだよ。こいつって、見かけより単純なのか。

「強情で意地っ張りな君がなんだか気になる……」

「あっ……」

コクハクするにしても、こんな状況でする奴がいるだろうか。だいたい、オレを縛って、抵抗できなくしてるのに。いやいや、ひょっとしたら、このコクハク自体が嘘ってことも考えられる。オレの色仕掛け作戦を見破って、それを利用してるのかもしれないぞ。

そうだ。きっとそうだ。

でも、だからって、なんの解決にもならないような気がする。オレが危機に陥ってることには変わりはないよな。

とにかく……とにかく、どうにかしないと。

「あの……さ。とりあえず、目隠し外して、手も自由にしてくれよ」

「どうして？」

「どうしてって……。あんた、自分でおかしいと思わないのか？　こんな格好させられといて、気になるだのなんだの言われたって、信じられないよっ」

「……そう言われれば、そうだな」

甲斐は判ってくれたようだが、オレに言われて気づくなんて遅いよっ。

目隠しがやっと外される。

と思ったら、どうして目の前に甲斐の顔があるんだよ。しかも、すごく真面目な顔しちゃってさ。

そんな顔されると、なんだかオレ……。

元々、すごく顔立ちは整っているんだよ。浅見みたいにきらびやかなタイプじゃないけど、精悍で男らしくてさわやかな雰囲気がある。

まあ、性格が実はさわやかではないことはよく知ってるけど、それでも、そういう切なげな眼差しなんかで見つめられちゃうとさ。

ダメだ。オレ、こいつにまた騙されかけてるんだよ。

でも……。

無理やりしようと思えば、こいつはできたはずなんだ。それをわざわざオレに許可を求めてるんだし……。

いや、しようとしてることは、結局、同じことなんだけど。それでも、無理やりするか、オレに許可を求めるかの違いは大きいよな。

「俺のことは……まだ嫌いかな？」

昨日訊かれたら、大っ嫌いだって胸を張って答えられたのに、今は言えないんだ。

どうしてだろう……。

あんなひどいことされたのに、どうして今日のオレは、嫌いだって答えられないんだよ。自分でも本当に不思議でならない。

まるで魔法か催眠術にでもかかったみたいに、オレはただ甲斐の目を見つめていた。

「答えがないところを見ると、嫌いではないと見た」

「……そんな勝手なこと……」

「じゃ、嫌い？」

ううう。嫌いって口にするのは簡単だよ。だけど、言った後、こいつがどう反応するかって、なんとなく判ってしまうから。

さっき、浅見の言ったことで傷ついてるっぽい甲斐を見たから、オレの言葉で傷つけたくない……なんて、つい偽善的なことまで考えてしまう。

本来は、そんな遠慮することもないんだと思う。だって、オレが昨日されたことを考えたら、そんな情けをかけてやること自体、間違ってるじゃないか。

それに、今だって……。

甲斐はオレの手首の戒《いまし》めも解いた。そして、オレの手首にキスをしたんだ。

「あ……ちょっと……」

手首にキスだなんて、妙に気障《きざ》くさくてドキドキする。

「……どうする？」

「ど、どうするって言われても」

オレだって、このままじゃつらい。だけど、どうしていいか判らないよ。なんかもう、心臓はドキドキ言っちゃってるし、これからどうなるんだろう。

甲斐はオレの目をじっと見つめていたが、やがて微笑んだ。

「……判った」

「は？」

何が判ったって？

こっちがわけも判らずにボンヤリしていると、甲斐はまた唇にキスしてきた。するりと舌が入ってくる。そうされると、オレも条件反射みたいにその舌に自分の舌を絡めていた。

まるで、甲斐がキスすることを、オレは許してるみたいだ。いや、それより、キスするのが当たり前みたいな……。もっと言うと、これじゃ、恋人同士のようだ。

甲斐がキスしてきて、オレはそれに応えて……。

だけど、キスされると気持ちいいんだよ。だから、オレが舌を絡めてしまうのは、仕方のないことなんだ。……たぶん。

甲斐は唇を離した。

「君の答え、受け取ったよ」

「え……？」

オレの答えって、一体なんなんだ。自分だけで判ってないで、オレにもはっきり判るように説明しろよっ。ていうより、オレはなんの返事もしてないだろう！

それでも、甲斐は一人で何かに納得したように、オレの両足を抱え上げた。

「わあっ……何すんだっ！」

「君が気持ちいいようにしてあげよう」

「だからって……」

甲斐の行動は予測がつかない。さっきのコクハクまがいのアレはどうなったんだよ。それから、慰めてほしいとかってのはさ。

もう、本当にわけ判んないってば。

甲斐はオレの太腿にキスをした。

「ちょっ……！」

太腿なんかにキスされると、大事なところと近いだけに、オレの身体が勘違いしてしまいそうだ。

実際、そんなところに唇を這わせられると、それだけで気持ちいいわけだし。

「あっ……あ……」

太腿の中でも、すごく微妙なところにキスされてるんだけど。そこまでキスするなら、ついでにその横にもキスしたっていいじゃないかと思ったり。

いやいや、オレは何もそんなこと望んでるわけじゃ……。

かといって、このまま際どいところにキスされていたら、つい口走ってしまいそうだ。

そこにもキスしてって……。

身体が勝手に震える。寒いわけじゃなくて、興奮してしまって。

「ああっ……やだっ……」

「何が嫌？」

甲斐はオレの大事なところに息がかかるくらいの距離で尋ねた。

絶対、絶対……わざとだ。

オレは涙を溜めた目で甲斐を見た。

「何がって……判ってるくせに！」

「判らないよ。まさか自分だけ気持ちよくなりたいと思ってる……とか？」

ううう。でも、図星だ。ここまでされて、放っておかれるほうがつらい。だけど、そんなこと、言えないし、自分がそう思ってることだって、できるなら認めたくないよ。

だから、オレは強情張って、首を横に振る。

「へえ……。そういうわけじゃないんだ？」

「そ……そうだよっ」

だいたい、こいつに気持ちよくしてもらったら、お返しを要求してくるはず。それが判ってて、自分からしてほしいなんて、天地がひっくり返ったって絶対言えないよ。

オレは……オレは……そういうのは望んでないしっ。

「君は強情だよね。だけど、身体のほうは正直そうだから……君の身体に訊いてみようか」

「ええっ……？」

甲斐はいきなりオレの勃ってる先端にキスをした。

「ああっ……んっ」

大げさな声を上げかけて、オレは思わず自分の口を手で塞いだ。

こんな声出してたら、廊下まで聞こえていたりして。もし、この部屋の前を通ってる奴がいたら、聞こえるかもしれない。

そして……。

オレと甲斐がエッチしてるって、バレちゃったら……。

ああ、でも、これってエッチなんだろうか。オレはしたくないのに、甲斐に勝手にこんなことされてるのに。

無理やりでもなんでも、今は手だって縛られてないし、目隠しもされてない。誰が見たって、合意でしてるようにしか見えないよな。

そんなんじゃないのにっ……。

じゃあ、なんなんだって言われたら、もっと判らないけど。

オレは本当にそういうつもりはないんだってば。

甲斐は焦らすように根元からそこを舐め上げる。そのわずかな刺激だけで、オレは興奮しまくって、身体がガクガク震え始めた。

「ん……んっ……」

目から涙がポロポロ零れてくる。悲しいわけじゃないのに、どうして泣いてしまうのか、自分でも判らない。

感極まってるって感じで、それを我慢しているのがつらいのかもしれない。

「はぁ……んっ……」

先端だけ軽く口に含まれる。

なんでそんな生殺しみたいな真似するんだよっ。そこまでしたなら、さっさとしろよって言いたい。

もう……もう我慢できない。

腰が勝手に動く。

もっとしてって。

「か……甲斐っ……」

泣き声で名前を呼んだけど、返事もしないよ。ただ唇にそれをくわえてるだけだ。なんだか、オレがしてくれって言ってるのを待ってるみたいだ。

つまり、どっちかを選べってことなんだよな。

「し……してっ。……頼むからぁっ」

オレがそう言った途端、甲斐はそこへの刺激を本格的に開始した。

熱い口の中に包まれて、舌や唇で愛撫される。

「あ……あぁっ……はぁっ」

オレの腰もそれに合わせて勝手に動いていく。まるで快感を思う存分貪《ぞんぶんむさぼ》るみたいに。

なんなんだよ……。これって。

昨日のより気持ちいい。

キュッ、キュッって吸われてるみたいで……オレ……オレ。

どんどん気持ちよくなっていく。もう我慢できないよ……。

「あっ……も……ぅっ」

オレは頭のてっぺんから足のつま先まで、全身で快感に浸りながら、熱を放った。

天国って、こんな感じなんだろうか。オレは力が抜けて、ふと自分が今までシーツを必死で握っていたことに気づいて、手を開いた。

心臓がまだドキドキしてる。

すごく……すごーく気持ちよかった。

「そんなによかった？」

そう訊かれて、思わずうなずいちゃったくらいだ。

甲斐はクスッと笑って、オレの両足をさらに抱え上げる。

「えっ……あっ！」

オレはすっかり甲斐が何をしたがっていたのかを忘れてしまうところだった。いや、もちろん、甲斐のほうでは忘れるはずなんかなかったわけなんだけど。

「あ、あの……さっ。今の、貸しにしといてくれるとか……ダメ？」

オレはこの期に及んで、往生際が悪いことを言い出した。

いや、だって。

怖いよ。ホントに。

だから、できるなら、しないで済むほうがいい。そのためだったら、今のオレは、なんでもするっていう心境になっていた。

「俺は今、君に慰めてほしいんだよ。俺だって、困ってる君を慰めてあげよね？」

確かに。

でも、そもそも、オレを困らせたのは甲斐のほうじゃないかって思う。なのに、お返しだけはちゃっかり要求しちゃってさ。

甲斐はオレの両足をぐっと曲げて、普段は目に見えないところなんかを晒した。

「や……やめろよっ！　そんな……じろじろ見るなぁ！」

「ちゃんと場所を確認しておかないとね。ここに入れるんだから」

「そんな……入んないって！」

オレは逃れたくて腰を左右に振ったけど、そんなもので甲斐の力に対抗できるはずがなく、かえってみっともない格好を見せることになった。

「心配しなくていい。まずは準備からだ」

準備って、何するんだよ。運動か何かするわけ？

甲斐は片手を離すと、指でその部分に触れた。

「あっ……」

「感じる？」

「そんなわけないだろっ！」

そうは言ったものの、妙な感じがした。……いや、感じてるわけじゃないよ。ただ、ちょっと変だっただけだ。

「遠慮しなくていい。慣れれば……きっと君だって気持ちいいはずだから」

慣れればって……慣れるまでしたくないよ。そんなの、一回だって嫌なのに。

ああ、オレ、どうなるんだろう。こういうときに正義の味方が助けてくれないかなあ。

オレはそんなふうに危機に陥ったヒロインのようなことを考えた。

だけど、オレは素行悪いからな。心がけも悪いし、口も悪い。こんな奴のところに救いの手が差し伸べられるわけもないか。

でも、甲斐のほうがオレよりもっと悪い。悪の大魔王だよ！

オレが心の中でいくらそんな悪態をついたところで、甲斐は自分の計画を曲げるつもりはないようだった。指でオレのそこをゆっくりと撫でている。

そんなふうに優しく撫でられると、身体が勘違いしたみたいに気持ちよくなってくるじゃないか。したいなら、もっと乱暴にしろよ。どうせ無理やりされるんだしさ。

なのに、甲斐はずっとそこを優しく撫でるんだ。

ひょっとしたら、そこを撫でることで我慢してくれるんじゃないかと思うくらい。もちろん、そんなもんで我慢できないことくらい、よく判ってるけど。

「あ……あの……」

「何？」

甲斐は楽しそうに微笑んでいた。

「それが……準備？」

「準備の前段階、かな。どう？」

「どうって言われても……別に」

「本当に君の口は素直じゃないな。顔を見れば判る。気持ちいいんだろう？」

思わずオレは自分の顔を触った。触ったところで、何かくっついてるわけじゃないってことは判っていたけど、つい。

「オ、オレは本当に……気持ちいいなんて思ってない！」

本当は思ってるのに、口からはどうしてもそんなことを言ってしまう。でも、実際、気持ちよくなってることを、オレは認めたくないんだ。

「じゃあ……これは？」

甲斐はいきなりそこの部分に口を近づけた。

「えっ……あぁっ」

そんなところにキスされてる。いや、舐められてるみたいだ。

「やだ……やだって！」

オレは身体を動かしたが、腰を押さえられてて、逃げられない。

なんで、こんなことされなきゃならないんだ。そんなところを舐められるなんて……恥ずかしいよっ。

それに……舐めてる側の甲斐はどうなんだ。嫌じゃないのか。

嫌じゃないからしてるんだろうなあ。よく判らないけど。

舐められてると、身体がムズムズしてくる。それが準備なわけ？　これから、どうするんだよっ。

オレはわけが判らなかった。

ただ、恥ずかしい。それだけだ。

甲斐の指が再びそこを撫でる。

「ねえ、千原君」

「え……？」

「そんなに緊張しないほうがいいよ」

「そんなこと言ったって、緊張するだろうっ？　あんたもオレと同じ立場に立ってみたとして想像してみろよ！」

甲斐は想像してみたのか、ちょっとの間、黙っていたかと思うと、ふふっと笑った。

「なんだよ、その笑い！」

「俺なら、もっと前の段階で阻止《そし》するから、こんな立場に立つこともないだろうね」

くーっ。腹立つぜっ。

「あんたって、要領よさそうだもんなっ」

「お褒めにあずかりまして」

甲斐は明るい声でおどけたように笑った。

そして、それと同時に、オレのそこに何か違和感が生じたんだ。

「……判る？」

「判るって……何したんだよっ。どさくさまぎれに」

な、なんか、オレの中で動いてるよ。おいっ……。

「指だよ。俺の指」

そう言われてみれば、指みたいだ。オレの中を探るように動いてるよ。

「な……なんで、指なんか……っ」

オレは泣きたくなってきた。

「なんでって、準備のためだろう？　いきなり入れたら、大変なことになるんだよ」

「だったら、入れようとするなよぉ……。頼むから」

「ダメ。俺は君に慰めてほしいんだって、何度言ったら判るんだ？」

そんなの、甲斐が勝手に決めてるだけで、オレは一度だって、慰めてやるって言ってないぞ。ただ、なし崩しにそういうことになって、状況的に逃げられなくなったんだ。

「なあ、慰めるなら、他の方法でしてやるよ。すごく嫌だけど……仕方ないから口でしてもいい。だから……」

「嫌だ」

甲斐はオレの捨て身のおねがいをあっさり無視して、指をそっと動かした。

「あっ……ちょっ……」

「ああ、感じるんだ？」

「べ、別に……感じてなんか……ああっ」

変だ。オレの身体。

なんで指を動かされると、身体がビクンって震えるんだよ。これじゃ、まるで本当に感じてるみたいじゃないか。

「ここ、だね？」

確認するみたいに言うと、甲斐はオレの中のある部分を指で押さえた。

「ああっ……」

「おっと。まだそんなに感じなくてもいいよ。後のお楽しみに取っておかなきゃね」

「なんだよっ。お楽しみなんて……あっ」

甲斐が指を動かすたびに、声が出てしまう。

なんだか判らないけど、オレ、本当に感じてるみたいだ。オレの中にすごく感じるところがあって、甲斐の指がそこを刺激すると、身体が震えたり、声が出たりするんだ。

「やめろよっ……やだぁ……っ」

「どうして？　イイんだろう？」

「だって……こんなの……っ」

嫌だよ。身体の中で感じるオレ、なんて。

「でも……もう、勃ってるよ」

ハッとして、いつの間にかつぶっていた目を開けると、オレの股間は確かに勃っていた。

「そんな……」

「こんなになって……よっぽど気持ちいいんだな」

甲斐は満足そうにオレの股間を眺めていた。

なんだか、もう……。全部が全部、甲斐の思うとおりになってるじゃないか。本当にこいつ、オレに慰めてほしいとか思ってるわけ？

浅見に汚れ役とか言われて、ちょい落ち込んでるふうだったのも、ひょっとしたら演技だったかもしれない。そう思わせるくらい、すべてが甲斐の計算どおりみたいだった。

「あんたなんか……嘘つきだっ」

「嘘なんかついた覚えはないけど？」

「慰めてほしいなんて……絶対嘘だっ……」

「慰めてほしいよ」

「あんた……楽しんでるじゃん……。オレのこと、いじめて楽しんでるっ……」

そう言ってるうちに、自分でもそういう気分になってきてしまって、目から涙が零れ落ちていった。

「……いじめてないよ」

「嘘だっ……ああっ」

身体の中に新たな衝撃が走る。

「なっ……何っ」

今までとは違う。甲斐の指が入ってるのには間違いないんだけど、何かが違うよ。

どうして？

「二本、入ってる。判る？」

「あっ……あっ……ああっ」

もう言葉にもならないくらい、感じちゃってる。オレは甲斐の策略に踊らされて、エッチされちゃうんだ。

でも……でも、気持ちいい。

自分でも甲斐にこんなことされてんのが、嫌なのか、それとも、そんなに嫌でもないのか、もう判んないよ……。

誰か……誰か、助けて！

オレ、おかしくなっちゃう。

「はぁ……あっ……んっ」

身体の中が妙に熱い。どうやって、それを吐き出したらいいのか判らないんだ。

どうしたらいいんだよぉっ……。教えろよっ、甲斐！

ふと、オレの中から圧迫感が消えていく。

「えっ……どういうこと？」

オレは目を開けて、甲斐のほうを見た。甲斐は無言で自分のベルトを外していた。

「あ、あの……」

その様子を見てて、オレはすごく怖くなった。

今まで成り行きでここまで進んでしまったけど、どこか甲斐が本気でないよう気がしていたんだ。

本当に本気なんだ……。

緊張にオレは喉をゴクリと言わせてしまった。

どうしよう。いや、今更、どうしようって考えてる場合じゃないことは判ってる。甲斐はその気だし、それを止めることは、今になってはできないと思う。

それに……。

オレの身体だって、引っ込みがつかない。さっきまでの快感がなくなって、オレの身体は明らかに続きを要求していた。

もっとしたいって、身体が求めてる。

だけど……。だけどっ。

甲斐はオレの両足を改めて抱えた。でも、さっきとは体勢が違うし、何よりも……。

オレのそこに硬いものが当たっていた。

「や……やっぱり、やだっ」

オレは泣きそうな声で訴えた。

「今更」

そうだね。オレだって、そう思うよ。

ここまでしておいて、逃げることなんか不可能なんだって、判ってる。それでも、言わずにはいられないんだ。最後の望みとして。

「泣いてる君には悪いけど、俺はもう待てないんだよ」

「あっ……」

ぐっと力が込められて、圧迫感が増す。

「やだ……やだって！」

「力を抜いて」

抜けるはずないじゃないか。無理やり入ってくるのに対して、身構えくらいするよ。

「んっ……あっ……」

嫌だ。中に入ってきてる。

どうしよう。オレ……オレ……ッ。

やがて、甲斐の動きが止まった。

自分の奥のほうまで何かがあるのが判る。そして、その何かの正体についても、判りすぎるほど判っていた。

全部、入れられちゃったんだ……。

「どう？」

「どうって言われても……」

甲斐と目がバッチリ合う。すると、にっこりといい顔して笑ったんだ。

ドキッ。

なんなんだよ、こいつ。無理やりに近い感じでこんなことしてるのに、すごくさわやかな顔して笑ってさ……。

「大丈夫？　って訊きたかったんだけど」

「あ……。オレ……別に」

「大丈夫そうだね。よかった」

「よくないっ！」

オレがそう言ったにも関わらず、甲斐はゆっくりと動き始めた。

「あ……っ」

さっきの指とは全然違う。もちろん指とは大きさが違うから当たり前って言えば当たり前なんだけど、オレのほうに与える影響もすごく違うことに気がついた。

「あっ……はぁ……あっ」

当然だが、オレのイイところにも違う感触がするんだよ。

こんなふうになるなんて、聞いてないよ。甲斐が慰めてほしいなんて言うから、甲斐だけが気持ちいい一方的なものだと思っていたのに。

どうして、オレまで気持ちいいわけ？

もっと気持ちよくなりたくて、思わず股間に手を伸ばしたら、先に甲斐の手がオレのそこを握っていた。

また目が合う。そして、また甲斐はさわやかな笑顔を見せる。

「わ、笑うなよっ……」

「どうして？」

「あんたが笑うと……こっちは…変な気持ちになるんだから」

「変な気持ちって？　どんなの？」

「よく判んない……。とにかく、変なんだよっ」

そう言うと、甲斐はまた笑うし。

なんなんだよ、まったく。

「千原君……いや、大河君と呼ぼうか？」

「な……なんでっ？」

人の名前を馴れ馴れしく呼ぶなよ。ただのルームメイトのくせに。しかも、無理やり、エッチしてるくせに。

「千原大河。いい名前だよ。そう思わないか？」

「思うに決まってんだろっ。オレの名前だぜ！」

「そう。他ならぬ君の名前だから。本当にいい名前だね、大河君」

思わず納得しそうになったが、よく考えると、いい名前なのと甲斐がオレの下の名前を呼ぶのとは、なんの関係もないよな。

「あのさっ。あんた……」

「大河君」

「な……なんだよっ？」

当たり前みたいに名前を呼ばれてムッとするけど、甲斐が顔を近づけてくるから、目を逸らし気味にして応える。

「遊びはこれらいにしておこうか。俺も……そろそろ我慢できないし」

「えっ？」

甲斐の唇がオレの唇を塞いだ。

なんだか今までのキスとは違う。情熱的っていうのかな、オレの唇を貪るみたいに、ちょっと荒々しくキスするんだよ。

心臓がドキドキしてる。

おかしいよ、オレの心臓。壊れた時計みたいにすごい速さで時を刻んでるみたいだ。

「ん……んっ……ん」

オレの息が荒くなってる。たかがキスなのに。

どうしんだよ……。

唇が離れたかと思うと、オレの中で甲斐が再び動き始める。そして、同時にオレの股間も甲斐が刺激している。

「あっ……あっ」

こんな快感、初めてだよ。ていうか、誰かとこんなふうにエッチするのが初めてなんだけど。

「そんなに……イイ?」

ハッと気がつくと、オレは甲斐の首に両手を回してしがみついていたし、両足も甲斐の腰に巻きつけていた。

「こ……これは……」

あわてて手足を離そうとすると、甲斐は笑って押しとどめた。

「いいよ。君の好きなようにして」

「あ……でも……あっ」

甲斐は今までゆっくりと刺激していた手のスピードを速めていく。

もちろん手だけじゃなくて……。

「あっ……んっ……あぁっ」

オレはさっきイッたばかりなのに、快感の渦《うず》に巻き込まれてしまって、もう何も判らなくなっていた。

ただ、甲斐にしがみつくことしかできない。

甲斐が与えてくれる刺激に身を任せることしかできないんだ。

「あ……もうっ……ああっ」

オレは全身を震わせながら昇りつめた。

そして、それに合わせたみたいに、甲斐はぐっとオレに腰を押しつけたかと思うと、オレの中に熱いものを注ぎこんだ。

ハアハアとお互いの呼吸音だけが聞こえる。

やがて、唇がゆっくりと塞がれた。

今度は穏やかなキスだ。甲斐はちょっとの間、オレの舌の感触を楽しんだ後、そっと唇を離した。

目が合うと、甲斐はまた微笑むんだよ。

なんだかもう、こっちは恥ずかしいって言うのにさ。いちいち笑うなって。

「バカヤロー。用が済んだら、さっさと出ていけよっ」

「出ていきたくても、誰かさんがしっかりしがみついてるからね」

「あっ」

なんでオレ、まだしがみついてるんだよ。足も絡めたままだし。

あわてて手足を離すと、甲斐は身体を起こして、スッとオレの中から出ていった。

オレは無意識で力いっぱいしがみついてたみたいだったけど、甲斐は痛くなかったのかな。甲斐もオレみたいに快感に夢中で判らなくなっていたんだろうか。

それにしても、ホントになんで、オレと甲斐がこんなことしなくちゃいけなかったんだろうね。男同士で恋人でもないのに、なんか成り行きっぽい感じでさ。

オレは強張ったみたいになってる身体を起こす。すると、自分がさっき放ったもので汚れてるのに気がついた。

「ねえ……あんたさ、もしかしてオレの中に出しちゃった……？」

「そうだね。あんまり気持ちよかったから」

くーっ。やっぱり。そういう感触がしたもんな。

「シャワー浴びる！」

オレはぎこちない動作でベッドから下りた。

まだ入れられたところに違和感がある。指だけじゃなくて、あんなでっかいの入れられたんだ。当たり前かな。

甲斐もするりとベッドから下りて、オレの身体を支えた。

「何するんだよっ。もう済んだんだから、関係ないだろっ」

「いや……。俺もシャワー浴びたいからね。こうなったら別々に浴びる必要もないんじゃない？」

「こ、こうなったらって……？」

甲斐はオレの耳元に口をつけてささやいた。

「こんなエッチなことしたんだし……って意味だよ」

そうだけど。そうなんだけどっ。

そういう言われ方って、まるでオレと甲斐が恋人にでもなったような感じじゃないか。

絶対、絶対、恋人なんかじゃないのにさ。

「まあ、だから、君は俺をもっと頼ってもいいんだ」

甲斐はオレの肩を優しく抱いた。

こ、これってさ……。

甲斐の中ではもしかしてオレ=恋人ってことになってるんだろうか。エッチしたんだから、もう恋人だろってこと？

それとも、オレが何か勘違いしてるんだろうか。

なんにしても、こんなに優しい態度をされると、またあの変な気持ちがしてくるよ。心臓が勝手にドキドキしてきて、胸の中が妙に浮ついてきてさ。

甲斐とオレはそのままバスルームへと向かう。

着てるものを全部脱いで、バスタブの中に入って、シャワーカーテンを閉める。すると、狭い空間に二人だけになつたような気がした。

しかも、オレも裸なら、甲斐も裸。

どうしよう。心臓か……心臓が普通のスピードの鼓動に戻ってくれないんだけどっ。

甲斐はシャワーを出して、温度を確かめると、頭上のフックにかけた。すると、雨のようにオレ達の上に降り注ぐ。

「大河君……」

腕を引き寄せられて、抱きしめられる。

オレ、あんたを慰める役はもう果たしたはずだぜ。

そう思うのに、もう何も言えなくて。

オレはそのまま甲斐にキスをされていた。

シャワーを浴びた後、オレはなんだか身体がだるくなって、自分のベッドに潜り込んだ。

「こら。髪もまだ乾かしてないのに寝たら、シーツや布団が濡れるだろう？」

甲斐に腕を引っ張られて、上半身を起こされる。

「だって、もうキツイんだよっ。ガタガタになってるし、クタクタだし、だるくてもうやだっ！」

オレがまるで駄々っ子みたいなことを言うと、甲斐はオレの頭にタオルをかぶせて、自分もベッドに腰かけると、オレの肩を優しく抱いた。

え……？

いつもだったら、すげー厳しいこと言われるのにさ。

なんだよ、調子狂っちゃうじゃないか。

「そんなにキツイのか？」

「あ……うん」

そう返事すると、甲斐はオレの頭をタオルで丁寧に拭くんだ。

「乾かしてやろう。こっちにおいで」

甲斐はオレを自分の机のところに連れていって、椅子に座らせる。そして、ドライヤーを洗面所から持ってくると、机についてるコンセントにつないで、オレの髪を乾かし始めた。

ドライヤーのあったかい風がオレの髪を撫でる。それと同時に甲斐の指がオレの髪をいじるんだ。

こんなことしてもらえるなんて思わなかった。もしかして、オレの身体がキツイのは、自分のせいだって責任でも感じてるのかな。

オレを騙したり、脅したり、口車に乗せたりして、けっこう強引にされたから、甲斐はオレの身体のことなんて気遣ったりしないと思っていたのに、変な感じだ。だいたい、今までオレの生活について、ガミガミ言ってたくせに、こんなに優しくするなんて反則だって言いたい。

オレ……ダメだ。

厳しくされると反発するけど、優しくされると猫みたいになっちゃうんだよ……。

ドライヤーの音が止まった。

そうか。髪が乾いたのか。

いつまでも乾かなければいいのに。オレ、もっと髪を撫でられたい。もっと優しくされたい。もっと……甘えたい。

自分でもこの心境の変化には驚きだ。

ついさっきまで、オレはそんなこと思ってなかったのに。

それもこれも……甲斐のせいだ。甲斐が優しくするから、甘えたくなってくるんだよ。どうしてくれるんだってーの。

「まだ身体キツイ？」

耳元で囁かれて、オレはうなずいた。

「しばらく横になってる？」

「うん……」

甲斐はまたオレの手を取って、わざわざベッドに連れていってくれた。オレの身体を労《いた》わってくれてる……のかなあ。くすぐったいけど、悪い気分じゃなかった。

オレがベッドに横になると、甲斐はオレの顔を覗き込むように身を屈めた。

「もうすぐ夕食の時間だけど……どうする？」

「どうするって……そりゃあ食べるに決まってる」

いくら身体がだるくたって、食うもんは食わないと。病人で食欲がないわけじゃないんだから。

「いや、食堂に行けるかなあと思って」

「あ……」

夕食時間に入ってすぐの食堂は、はっきり言って戦争みたいなもんだからね。人は多いし、あんな中に今の自分が入っていけるはずもなかった。

「時間ずらすからいい。後から行けば、空いてるし」

そう。それが判ってても、みんな腹を減らしてるから、突撃していくんだ。

「そうか……」

甲斐はそのままベッドに腰を下ろして、オレの髪に触れた。

ああ、なんか気持ちいい……。

こいつがいつもこんなふうに優しかったらなあ。オレだって、反抗したりしないのに。

「腹減ってるなら、あんたは食いにいけば？　いっつもオレにくっついて見張ってるけど、いくらなんだって、今のオレじゃ脱走できないし」

身体だけじゃなくて、脱走するような気分でもない。こうして髪を撫でられてると、それだけで妙に満ち足りた気持ちになってくるんだ。この部屋で満足してるんだから、外に出ていく必要もないんだよ。

「いいんだ。君の傍がいい」

ドキン。

って、あんた、一体どうしんだよっ。オレもそうだけど、甲斐までおかしくなってるみたいだ。

でも……。

オレにとっては都合がいいかもしれない。

オレはこうして頭を撫でられたいし、甲斐はオレの傍にいたい。……それでお互い満足するなら、それに越したことはないわけで。

「甲斐ってさ……」

「ん？」

「意外と、優しいところあるじゃん」

ちょっと褒めてみたりして。

甲斐はふっと微笑んだ。

「君もね」

そうして、オレは夕食を食べるまでの間、甲斐に頭を撫でてもらっていたんだ。

オレは今まで甲斐に対して突っ張ってばかりいた。それで、甲斐はいっそうオレに厳しく当たっていたんだ。だけど、甲斐が優しくなれば、オレも素直になるし、そうしたら、甲斐はもっと優しくなるんだってことが判った。

つまりさ。

オレが甲斐を排除しようとしてたのは、まったくの逆効果だったんだなあって、今にして思うわけだ。

まあ、オレとしては、甲斐がこんなに優しくなるとは思わなかったんだ。ただ、うるさい奴だってばかり思ってて、そんな面があるなんて気づきもしなかった。

オレは甲斐がみんなに慕われてるのは、単に外面がいいからだって思ってた。何しろ、オレは説教ばかりされてたし、オレに言うことを聞かせるために、甲斐はいろんな手を使ったり、挙句の果てには脅かしたりしてたからね。

だけど、偽善者という色眼鏡を外して見れば、甲斐は人に慕われるだけのことはあるなあって思う。何より、面倒見がいいよ。今までは気づかなかったけど、寮内のことにはすごくこまめに気を配ってるし、何かトラブルがあれば駆けつけて、幸村先輩と一緒に解決に当たるんだ。

オレって単純なのかもしれないけど、まあ、意外といい奴だったんだなあって、遅ればせながら考えるようになった。

で、好意的に思えば、向こうも好意的に思ってくれるみたいで、エッチしたあの日から、オレと甲斐の仲は悪くなくなっていた。

でもって、今日も放課後は甲斐のクラスに行ってみたりして。

甲斐はにっこり笑って、オレのほうに来てくれて、一緒に寮に帰るんだ。

「何かあった？　なんだかご機嫌のようだけど」

甲斐はオレの顔を覗き込むようにして言った。

「なんだか、こういうのも悪くないかなあってさ」

「こういうのって？」

オレはちょっと笑ってごまかした。けど、甲斐もオレの言いたいことは判ってるみたいだ。

結局、オレって、いろいろ規則破りしていたけど、他にすることなかったし、なんだかつまんなかったのかもしれない。それで、人の注目を集めたくて、子供みたいに人の嫌がることをやりまくってたんだよ。

それはそれで面白かったんだけど、今考えれば、かなりガキっぽかったかなあって思う。

部屋に帰ると、オレはさっと制服を着替える。前は甲斐に言われなければ、制服のままベッドにひっくり返っていたっけ。自分から着替えた後は、机に着いて、宿題なんかするんだ。

自分でも笑えるくらいのいい子ちゃんに変身している。このいい子ちゃんのオレを見てくれよーって感じで。

だって、オレがひとついい子ちゃん的行動をすると、甲斐が褒めてくれるんだ。人間、やっぱり褒められれば嬉しいもので、ついうっかりまた甲斐の思うとおりに行動してしまう。もちろん、今のオレは寮則も校則も破らないぜっ。

ひょっとして、甲斐のてのひらの上で弄《もてあそ》ばれてるよう気もするけどね。それでも、オレがいいって思えばいいわけで。

なんにしても、オレは入寮以来、絶好調でいい気分なんだ。

夕食を食べた後、甲斐は自治会の人に呼ばれて、どこかにいった。寮内に何かトラブルが起こったらしい。

すぐ帰ってくるかと思ったら、なかなか帰ってこないんだ。オレはしばらく勉強していたけど、なんだかつまらなくなってしまって、ベッドにゴロンと寝転んでみた。

所詮、付け焼刃のいい子ちゃんなので、甲斐本人がいないと張り合いがないんだ。まあ、帰ってくれれば、また勉強するし、今は休憩タイムってことでさ。

ところが、しばらく寝転んでるうちに、オレは眠ってしまっていた。

なんだか息が苦しいと思って、目を開けたら、甲斐の顔のアップがあった。どうやらオレは甲斐に鼻をつままれていたらしい。

「なんだよっ。せっかくいい気分で寝てたのに、鼻なんかつまむなよっ」

甲斐はオレの目の前でにっこりと微笑んで、コツンとオレの頭を叩いた。

「こら。勉強はどうしたんだ？」

「やってたけど、あんたがいないんじゃ、つまんないじゃないか」

甲斐はちょっと困ったような顔をして、オレの額にかかる前髪をいじった。

「俺がいないと勉強できないようだと、困るんだけど」

「オレはぜーんぜん困んない。ホントにやらなきゃいけないときには、ちゃんとやるしさ。毎日しないと追いつかないってほど、オレの成績が悪いわけでもない」

「そこまで悪くなるより前に、ちゃんとしてたほうがいいだろう？」

翔鳳はわりとレベル高いしね。それは判ってるんだけど、今のオレは暫定的《ざんてい》いい子ちゃんだから。そんなの、甲斐にも判ってると思ってたのに。

「じゃあ、あんたがオレのこと、ずーっと見張っててくれればいいんだ。そしたら、ちゃんと勉強する」

甲斐は苦笑して、オレの頭をくしゃくしゃと撫でた。

「大河君は俺の見張りが嫌なんじゃなかったっけ？」

「気が変わったんだよ。あんたもそのほうが楽だろう？」

オレはちょっと甘えるように甲斐の首に手を回した。

なんか誘ってるみたい、かなあ。

甲斐はたまにキスしてくるけど、軽いキスばっかりでさ。この間みたいなのはしてこない。もちろんエッチもあれだけで……。

いや、してほしいって言ってるんじゃないよ。ただ客観的に、それでいいのかなって思うだけでさ。

「……キスしてほしい？」

甲斐が尋ねた。

なんだかドキッとする。表情も声も尋ね方も優しくて。

「してほしいってわけじゃ……」

「じゃあ、しなくていいんだ？」

甲斐がオレから離れようとするから、あわててしがみつく。

「そうは言ってないだろっ」

結局、してほしいって言ってることになる。オレはそんなこと自分から言いたくないのにさ。

「気分出して言ってごらん。『お願い。して』って……」

何言ってるんだよ、こいつ。まさか酔っ払ってるわけじゃないだろうにさ。

「絶対言わないっ！」

オレが断固としてそう言うと、甲斐はちょっと笑った。

「はいはい。俺は君のそういうところが好きだよ」

えっ……。

オレのこと、甲斐は好きなのかなあ。

いや、そういう意味じゃないかもしれないし、オレがいちいちそれを確かめるのも変だよな。だいたい、オレは男同士で好きだのなんだのって、そういう感情はあまり信用してないんだ。

「じゃあ、俺のほうから言うよ。大河君、キスして」

「ええっ？　オレから……するの？」

「できない？」

そう言われると、できないなんて言わない。自分からキスするのなんて初めてだけど、たかが口をくっつけるだけだろ。それから、舌を入れるだけだろ。それくらい、オレにだってできるさ。

とはいえ、心臓がドキドキしてくる。

「し、仕方ないから、してやるよっ」

オレは思いきって、甲斐に唇を近づけた。そして、まずはチュッと唇をくっつけて離してみた。

「これだけ？」

「うるさいっ。まだ続きがあるんだよっ」

オレはもう一度、唇をくっつけて、それから舌を差し入れてみた。

甲斐とは何度もキスしたけど、人の口の中に舌を入れてみるのは初めてだ。なんだか秘境に足を踏み入れた探検家のような気分で、おっかなびっくり舌で中を探ってみる。

「ん……っ」

なんで甲斐のほうから舌を絡めてくるんだよ。おかしいじゃないか。ここは順番を守って、おとなしくオレが絡めるのを待ってくれなきゃ。

なのに、まったくルール（？）無視で、甲斐はオレの舌を絡め取って弄んだ。

話が違うじゃん……。

オレの舌が解放されて、やっと唇を離すことができたときは、オレのほうがなんだかキスされたような気持ちになってしまっていた。

オレはすっかり馬鹿にされた気分で、上目遣いににらみつけた。

「甲斐のバカヤロー」

「ありがとう」

「褒めてないって！」

甲斐は明るく笑ったかと思うと、それから、オレの胸になんだか甘えるように顔を伏せた。

「……どうかした？」

いつもとちょっと違う様子が気になって、訊いてみる。

「うん。ちょっとね」

軽い溜息をついたのを、オレは聞き逃さなかった。

「誰かになんか言われたのか？　浅見とかにさ」

甲斐は顔を上げずに少し笑った。

「浅見じゃなくて、浅見の腰ぎんちゃくにね」

腰ぎんちゃくって……。誰のことか、よく判らないけど、きっと生徒会役員のことだろうな。あの取り巻き連中って、そんな雰囲気だったし。

「なんて言われた？　また汚れ役とかなんとか？」

「まあね。どうせ浅見の受け売りのくせに、偉そうに幸村に説教したんだよ。俺に汚れ役を押しつけてるってさ」

「幸村先輩に説教？」

「そう。腰ぎんちゃくの分際で。あいつなんか、雨の日にドブに落ちて、それから滑って転べばいいんだ」

　オレはそれを想像して噴き出してしまった。

「笑うなよ。俺はこれでも傷ついてるんだから」

「傷ついてるんだ？」

「そう。幸村にあんなことを聞かせたくなかったのに……」

甲斐はオレの胸に顔を伏せたまま、オレの身体を抱きしめた。

「大河君。俺を慰めてくれない？」

ますます酔っ払いみたいだ。でも、甲斐がそう言う気持ちもなんとなく判る気がした。

それに、いつもはオレのことを引っ張ってくれて、優しくしてくれる甲斐が、そういう弱気な面を出してくると、どうにもこうにも。

　オレはそういうのに弱いんだってば。

「あのさ。ちょっとだけなら……いいよ」

オレは思いっきり照れながら言った。

甲斐は顔を上げた。

いつもより頼りなさそう顔をした甲斐がそこにいた。

「ありがとう」

いや、お礼なんか言われると照れるけど。甲斐がオレに優しくしてくれるから、オレも優しくしてやるんだ。

つまり、これは交換条件みたいなものでさ。

それに、エッチって気持ちよかったから。ただ、それだけだって。他の気持ちなんかないんだ。

甲斐はオレのトレーナーの裾から手を差し入れた。

「あ……いきなり」

「いきなりじゃなければ、どうすればいいのかな？　してもいいって訊けばいい？」

そんなことを言いながらも、甲斐はオレの胸を探っている。弱気になってるかと思えば、手はちゃっかり早いから、なんだか判らない。でも、さっきのが演技だとは思わないから、甲斐は切り替えの早い奴なんだと思うよ。

「なあ……あんた、オレの胸なんか触って楽しい？」

「楽しいよ……。君が気持ちよさそうな顔をするから」

甲斐の指はオレの乳首を撫でている。

「別に……そんなに気持ちいいってわけじゃ……」

「嘘つきだな。顔を見てればすぐ判るよ。さっきと全然、表情が違うじゃないか」

甲斐はオレのトレーナーを胸までまくり上げる。そして、今まで指で撫でていた部分にキスをした。

「あっ……」

「ほら。気持ちいいんだろう？　遠慮しなくていいんだから、気持ちいいって言ってみれば？」

そういう言われ方をすると、オレは素直になれない。われながら意固地だとは思うが、どうしたって、言えないものは言えないんだ。

「……言うもんかっ」

甲斐はちょっと笑うと、そこに唇をつける。そして、舌でつつくように舐め始めた。

「あっ……ちょっと！」

舐められてるのは胸なのに、何故か腰が動く。だけど、胸と下半身が直結したみたいに、自分の身体が反応していくんだ。

これって、恥ずかしいぜっ。

甲斐にはいろいろ恥ずかしいことされてきたんだから、今更だと思うんだけど、普通に……普通にエッチしてもらえないかな。それとも、これも普通のエッチかな。オレが女ならそれもアリかもしれないけど、男だから。

出して終わり、でいいじゃん、ホントに。

オレが反応しなければ、甲斐だってこんなこと続けないんだろうが、残念ながら、オレの身体は反応しまくりだった。

「すごく……可愛い顔をしてる」

いきなり甲斐はそんなことを言った。

「な……なんだよっ。ていうか、人の顔をじろじろ見んなって」

「ほらほら。そういうところも可愛い」

甲斐の趣味って判んないや。本気でそう思ってるのかね。それとも、ただのエッチのための口説き文句?

なんにしても、今の甲斐は機嫌よさそうだし、さっきの落ち込み気味の甲斐よりはいいかもしれない。オレがこうして相手してやってるから、甲斐はこういう軽口を叩けるんだろうしね。

そう思うと、『可愛い』発言もなんだか許せるような気がしてきた。

オレって単純かな。

「なあ……どうせなら中途半端はやめにしない？」

オレは腰がムズムズしてくるのを抑えながら、甲斐に言った。

「うーん。そうだね」

甲斐はオレの手を引っ張って上半身を起こした。

「……何やってるんだよ？」

「中途半端はやめるんだよ」

甲斐はそう言うと、オレのトレーナーを脱がせてしまった。

「いや、オレが言ってるのは、そうじゃなくてさ……」

「判ってるよ」

何を判ってるのか判らないんだが、今度はオレのベルトを外して、ズボンと下着を取り去ってしまった。

「な……なんなんだよっ、一体」

いきなり真っ裸にされれば、誰だってうろたえると思う。甲斐はオレのそんな姿を楽しそうに見た。

「中途半端な脱がせ方はよくないからね。さあ、これからいいことをしようか」

そう言って、オレをベッドに押し倒す。

「あんたは脱がないのかよっ？」

「俺はいいよ。中途半端が嫌なのは君のほうなんだから」

ニヤニヤ笑ってるところを見ると、わざとなんだな。オレばっかり恥ずかしい目にあわせてさ。

「そうじゃなくて……」

「判ってる。こっちだろ？」

甲斐はオレの裸の股間にそっと触れた。

「あっ……」

軽く触れられただけで、こんな声を出すのは恥でしかないけど、出ちゃうものは仕方ない。もうさっきから触られたくてムズムズしてたんだから。

「胸にキスされたのが、そんなに気持ちよかったんだね？」

「うるさいっ。いちいち確認するなよ！」

そういう言われ方は嫌なんだぞ。

甲斐は笑いながら、オレの唇にキスしてきた。

舌が交わるように絡んでいく。そんなふうに貪りながら、手はゆっくりとオレの勃ち上がってるものを追い上げていくんだ。

すごくゆっくりとした動作だったけど、それでも直接そこを刺激されれば感じる。唇を離されると、おかしいほどにオレは息を弾ませた。

「……気持ち、いい？」

静かに尋ねられて、オレはついうなずいてしまう。

揶揄われていたらダメだけど、真面目に訊かれると、本音を言ってしまうもんだな。どっちにしたって、そこがそんなに硬くなってるのに、気持ちよくないなんてことは絶対ないんだ。

甲斐はオレの唇を舐めたり、わざと音を立ててキスをする。股間のほうからも濡れた音がしてるし、なんだかもう……。

それにしても、こいつって、ずいぶん余裕ありげだよな。自分だけ脱いでないし、焦らして遊んだりしてさ。オレなんか胸にキスされた時点で、余裕なんてどこかに行ってたのに。

もしかして、こいつって意外と遊び人だったりして。

こういうのに慣れてて、オレもただ遊ばれてるだけだとか……。

なんだか胸の中がズキンと痛んだ。

いや、痛む必要なんかないだろう。オレにとってだって、こんなの、ただの遊びだよ。だって、別にオレは甲斐が好きでエッチしてるわけじゃない。

最初からそうじゃないか。成り行きでこういうことをして、今日も成り行きでやってるだけだ。それ以外の関係なんか、なんにもないんだから、たとえ甲斐が遊んでても、それはそれだ。

オレが傷つくことなんかない。

「どうしたの?」

ふと気づくと、甲斐はオレの目を覗き込んでいた。

「え……?」

「ちゃんと俺に集中して。俺は君をこんなに気持ちよくしてあげてるんだよ」

甲斐は音を立てて、オレのものを擦り上げた。

「ああっ……」

「そうだ。もっと気持ちよくしてあげるから……」

甲斐はそう言いながらも、オレの硬くなってるものを握っていた手を離した。

なんだよ、もっと気持ちよくしてくれるんじゃなかったのか。

オレは戸惑いながら、甲斐の顔を見つめた。

「そんな顔して。いじめたくなるなあ」

「えっ？」

甲斐はオレの頬を指先でつつく。

「心配しなくても、ちゃんと気持ちよくしてあげるって。……さあ、うつ伏せになってごらん」

「えっ、えっ？」

オレはなんだか判らないままな、ベッドの上でうつ伏せにさせられてしまった。しかも、腰だけ高く上げさせられて……って、これじゃ、うつ伏せなんかじゃないよね。

「いい格好だ」

「馬鹿っ。こんなのの、どこがいい格好なんだよっ」

させらてれるポーズの恥ずかしさに顔が赤くなるが、甲斐はオレの気持ちなんかどうでもいいらしい。

「君は嫌なのかなあ？　俺はいいと思うんだけど」

そりゃあ、こういう格好をする側と、させる側じゃ、感想は違うだろう。甲斐だって、オレの身になって考えてみろってんだ。

しかも、甲斐はさらにオレの足を左右に開いた。

「だから……やめろって……あっ」

甲斐の指が腰の窪みからその奥へと撫でていく。

「感じるだろう？　だったら、いいじゃないか」

もう無茶苦茶なことを言ってるよ。とにかく、何がなんでも甲斐はオレを言いなりにさせたいらしい。

顔から火が出るほど恥ずかしいけど、確かに、こういう格好させられて後ろから触られるって、スリリングな感じがして、同時に気持ちがいいよ。

でもなあ。

やっぱり強引だよ、この男。

「やあ……元気？」

そんなところに挨拶すんなってば！

「いつも可愛いねえ。キスしてあげよう」

「うわっ。やめろって！」

甲斐は音を立ててそこにキスをした。

なんか酔っ払いテイストみたいなんだけど、そういう甲斐は落ち込みモードの甲斐と紙一重っぽくて、オレもなんだか無下《むげ》にしちゃいけないような気がしてきた。

オレからじゃ甲斐の表情は見えないから、ひょっとしたら、これはただふざけてるだけなのかもしれないけどさ。

一応、オレは甲斐を慰めるために相手をしてるわけなんだし。

甲斐は片手でオレの前の部分をそっと触った。

「あ……あっ」

どうして、そっとしか触ってくれないんだろう。もっとそれこそ大胆に触ってほしい場所なのに。わざとなのか、ちょっとの刺激しか与えてくれない。

オレは思わず腰を揺らした。

「何？　おねだり？」

「……」

おねだりって判ってるなら、いちいち訊かないで、もっと触ってくれればいいんだよ。

「腰振ってるだけじゃ、判らないなあ。ちゃんと言ってくれないと」

「だって……さ。恥ずかしいじゃん」

それじゃ、おねだりしてるのを認めることになるけど、オレは恥ずかしさに耐えながらそう言った。

甲斐はふっと笑う。

「その恥ずかしがりながら言うところがイイんじゃないか。ほら、早く言ってごらん。どうしてほしい？」

甲斐は指先でオレの先端だけを撫でた。

身体がビクンと揺れる。

「さあ、どうする？　言わないとこのままだよ」

そんな……。

オレは仕方なく口を開いた。

「……も、もっと……触って」

「触るだけでいいのかな？」

くーっ。こいつはオレにどこまで恥をかかせる気なんだろうか。

「ちゃ…ちゃんと刺激しろよっ。気持ちよくしてやるって、あんたが言ったんだろうが！」

オレはそれだけ叫ぶと、枕に顔を伏せた。

本当に恥ずかしいんだぞっ。甲斐のバカヤロー。

「んー、どうしようかな。ここはもうちょっと後にしようか」

「ええっ？」

オレに恥ずかしいこと言わせといて、それはないだろう。と言おうとしたら、腰にキスされて、ビックリする。

いや、驚くほどのことはないか。甲斐の目の前にあるわけだから、キスしようと思えばいつでもできるわけだし。

「あ……甲斐っ！」

キスが腰の窪みを辿っていく。

さっきもキスされたし、この間だってさんざん舐められた場所だけど、こうして後ろからキスされるのは、なんだかこの間より恥ずかしいよ。

だって、オレが舐めてって腰を突き出してるような気がするからだ。

もちろん、そんなことは絶対ないし、甲斐が無理やりこのポーズを取らせたのは確かなんだけど。

でも、そんなに抵抗したわけじゃないから、少しくらいはオレもこうしてもらいたいって気持ちがあったのかなあって……。

「あ……」

身体を支えてる膝《ひざ》が震える。

甲斐がオレの大事なところにキスしてるから。

この間、甲斐を受け入れた場所だ……。

「んっ……あっ……っ」

オレの声と一緒に、ピチャピチャって音が聞こえる。

それと、オレがシーツをつかむ音。

「や…だ……っ」

オレがそんな弱音を吐いても、甲斐はやめてくれないに決まってる。甲斐は自分の都合しか考えてないんだよ。

「これくらいで……いいかな？」

甲斐は口を離すと、指でそこを撫でた。

「ほら。行くよ」

わざわざ声をかけて、甲斐はそこに指を挿入してきた。

ビクンと身体が震える。

「感じる？　でも、まだ力を抜いて」

「あ……はぁ……っ」

力入れるなって言われても、自然に力が入ってしまう。痛いとかじゃなくて、やっぱり圧迫感があるからだ。

侵入してくる指の感触に、オレはこの間のことを思い出していた。

指を入れられただけで、気持ちがいいんだ。オレの中のどこかを甲斐の指が擦っていって、それが普通じゃ考えられないほどよくてさ。

それから……。

「あっ……ああっ……」

「ココ？」

甲斐はオレのイイところを探し当てて、わざわざそこを刺激しながら指を動かしていく。

「やぁ……っ……あっ」

「嫌じゃないのに、嫌だって言うのは反則だよ」

どこがどう反則なんだよっ。

そう思ったけど、反論すらできない。オレは自分の中の快感のことばかりが頭の中でふくらんできて、止められないんだ。

前の部分はすでに硬くなっている。

そっと自分で手を伸ばしたけど、やっぱり甲斐に跳《は》ね除《の》けられた。

「今はまだダメ」

「ど……してっ？」

「まだよくなるんだから。一番イイときにイッたほうがいいだろう?」

それはそうなんだけどっ。

「オレ……もう我慢できない……っ」

「できなくてもする。そうしないと、ここで放り出すけどいい?」

そんなことしたら、甲斐だってつらいだろう。それとも、自分で処理すれば、それでいいんだろうか。

いや……違う。甲斐はオレに慰めてもらいたいんだから。

オレがいないとダメなはずだ。

「じゃあ……早くしてくれよっ……」

オレは泣いてるような声で精一杯の譲歩をした。

「そんなに頼まれたら、君の望みもかなえてあげなきゃね」

甲斐は二本目の指を挿入した。

さっきよりもっときつくて、もっと気持ちがいい。

甲斐の指が動くたびに、オレは自分の腰が揺れるのを感じた。

「あっ……あっ……んっ」

もう、どうしようもないくらい感じてる。枕に突っ伏してみたけど、我慢できないよ。

シーツを握りしめたって、身体の中の嵐をどうすることもできないんだ。

やがて指がゆっくりと引き抜かれる。

「あ……」

この間の経験から、すぐにでも甲斐の硬くなったものが侵入してくるのかと身構えたが、そうではなくて、オレは身体をひっくり返された。

つまり、仰向けになったんだ。

甲斐はオレのキョトンとした顔を見て、笑った。

「君のその顔を見ながらじゃないとね」

途端に顔がカーッと熱くなる。

「悪趣味！」

「俺の趣味はいいほうだよ」

甲斐は自分のものを取り出して、オレに見せつけるような仕草《しぐさ》をする。

そんなもの、この間、さんざん見たよっ。

そうは思うものの、これからそれがオレの中に入るのかと思うと、またなんとも言えない気分だ。

オレは男だし。

本来なら、そんなものを入れられたくなんかないんだ。でも、甲斐のことを慰めるために、仕方なく我慢してるんだからなっ。

それを甲斐が理解してくれてるのかどうかが、オレには謎だったけど。

甲斐がオレの中に侵入してくる。

「だから力を抜いてくれないかなあ」

「抜いてるよっ。……と思う」

「そうかなあ。きついよ、君の中は」

そんなに文句を言うんだったら、入ってくんなよと思う。こっちは、どうぞお入りなさいって、好意で我慢してやってるのにさ。

甲斐は文句を言いながらも、オレの中に全部を納めきった。

「気持ち……いいよ」

甲斐はしみじみとオレの顔をじっと見つめながら言う。

本当に気持ちよさそうな表情だから、きっとオレも似たような顔してるのかなあって思った。

甲斐は手を伸ばして、オレの頬にそっと触れた。

「な……なんだよっ」

甲斐はクスッと笑う。

「すごくイイから、君に感謝したくなったんだ」

なんでそういう気障なことを急に言い出すかなあっ。

オレは恥ずかしくて、甲斐と目が合わせられなくて、視線を宙にさまよわせた。

「あんたって、変わってるよ……」

「そうかな。俺は普通だよ。たぶん誰よりも」

その、誰よりもって、浅見とか幸村先輩とか、浅見の取り巻きとか、特に普通でない奴らと比べたらの話じゃないかなあって思った。

「全然普通じゃないって。さわやかそうな顔して、あんた、むちゃくちゃスケベじゃん」

そう言い返すと、甲斐はちょっと笑った。

「あんまり笑わせないようにね。俺達、一応、エッチの最中なんだから。ムードってものがなくなるじゃないか」

だから、あんたがそのムードを壊《こわ》してるんだってば。

だいたい、オレ達の関係はムードなんか最初からないじゃないか。無理やりキスしてきて、脅かしたりしてたくせにさ。

甲斐はオレの手を取る。そして、オレの硬くなってる部分に触らせた。

「あ……」

「好きなだけしていいよ。だけど、イクときは俺と一緒だからね」

そんなの、タイミング合わせるのは無理だよ。

そう思ったけど、甲斐が動き始めてしまったから、オレも後を追うように自分のものを刺激していく。

「はぁ……あっ……」

自分でするのは初めてじゃないけど、こんな状態でするのは初めてだよ。なんだか変な感じだ。

オレの中を誰かがかき回してて……自分で自分を刺激して。

甲斐がオレの中のイイ部分を擦っていくたびに、すぐにでもイキそうになるけど、そこはグッと堪えて、自分の股間を刺激するのを休んだりして、調節していくんだ。

自分でも冷静なんだか、そうでないんだか、よく判らない。

ただ……。

甲斐が一緒にイクって言うから。

そんなの、守れなくても、オレのせいじゃないって思うけど。

頭の中が熱くなってくる。もう身体中が燃えるみたいになってて、すぐにでも爆発して

しまいそうだった。

「あっ…はぁっ……」

もう限界に近いよ。

そろそろ……いいだろ？

オレは涙の滲《にじ》んだ目で甲斐に許可を求める。甲斐の表情もいつもの余裕あるのとは違う。なんだかすごく色っぽく見えるから、きっとオレと同じように限界なんだ。

甲斐は微笑んで、オレの手の上に自分の手を重ねた。

そこを握ってるオレの手を動かしていく。

「もう……」

……いいんだな？

「ああっ……んっ」

オレはついに自分を解放した。

同時に、甲斐もオレの中に放っていくのを感じたんだ。

「大河君……」

甲斐はオレの身体を抱きしめて、息を整える。お互いの鼓動が感じられて、なんだか妙に充実した気持ちがするよ。

変だね……。

まるで恋人同士みたいだ。

なんだか甘酸っぱい感情が生まれて、オレは無意識のうちに甲斐の髪の毛に触れていた。

どうしたんだろう。オレ……。

このまま離れたくないなんて、思ってしまう。じっと抱き合って、いつまでもオレの中にいてほしいなんて……。

何、考えてるんだよ。ホントに。

「君が……好きだよ」

それはどういう意味の『好き』かは判らない。

判らないけど、オレはそう言われてすごく嬉しかったんだ。

「うん……」

そんな返事を返すと、甲斐はオレの唇にキスをした。


オレと甲斐は、それから何度も慰めごっこをした。

エッチを始めると途端に意地悪になるけど、普段は優しくて……オレはそういう甲斐がすっかり気に入っていた。

今のところ、寮則はずっと破ってない。そんなことする暇もないほど、オレは甲斐にいい子ちゃんモードの自分をアピールして、褒められまくっていたからだ。

まあ、甲斐もオレが本気で改心して、寮則守ってるとは思ってないだろうけど、とりあえずオレが楽しいからいいんだ。

甲斐だって、副寮長としてオレが寮則守ってるのは嬉しいだろうしね。

ところが。

そんなある日、オレは相崎からちょっとビックリするようなことを言われたんだ。

「おまえが副寮長と付き合ってるって噂が流れてるのを知ってるか？」

「……え？」

昼休みの教室で、オレはポカンと相崎の顔を眺めてしまった。

「えーと……そんな噂が流れてたんだ……」

付き合ってるってわけじゃないけど、エッチはしてるもんな。似たようなものかもしれない。

けど、そんなの、誰が気づいたんだろう。放課後になると、オレは甲斐のクラスに行って、いつも一緒に帰ってるから、それのことを言われてるんだろうか。

でも……。

そんなの、付き合ってるって言うかなあ。

寮の食堂では一緒に食事してるけど、別に恋人らしい振る舞いしてるわけでもなんでもない。口喧嘩だって、よくしてるし、恋人同士ってもっとラブラブなもんなんじゃないかって思うんだけど。

オレは甲斐とエッチしてるなんて、誰にも言ってないし、甲斐だって……。

いや、甲斐が誰にも言ってないかどうか、オレは知らないな。甲斐の友達とは話したこともないし。寮自治会のメンバーが一時期オレを見張っていたけど、例の荷物みたいに運ばれてしまったこともあって、あまり話したくもないからね。

うーん。でも、甲斐が人に話してるなんて、考えたくないな。

だって、甲斐はいいかもしれないけど、オレは女役なんだぜっ。誰にも知られたくないっていうのが人情だろう。

「大河！　まさか、本当のことじゃないよな？」

ふと我に返ると、相崎が真剣な顔をしてオレに迫っていた。

「あ……うん。いや、変な噂が流れてるもんだなあ」

オレはあははと笑ってごました。

「じゃあ、本当にあいつとは何でもないんだな？」

相崎はオレに念を押す。

「うんうん。なんでもないよ。ホントになんでそんな噂が流れてんだか、オレにも判らないよ」

仮にオレと甲斐が付き合っていたとしても、それが噂になってるっていうのは、どういうことだって思う。オレが誰と付き合おうが自由じゃないか。……いや、注目されてるのは、オレじゃなくて、甲斐のほうか。

人気ある副寮長だもんなー。

オレなんか、しがない一年生で、しかも寮則&校則違反常習者だ。

ああ、ひょっとして、オレみたいな奴が甲斐にいつもくっついてるんで、みんなから嫉《しっ》妬《と》されてるのかもしれないな。まあ、それもちょっと気分がいいけどね。オレって、注目されること自体はすごく好きなほうだし。

「大河と副寮長が本当に付き合ってたらどうしようかと思ってた」

相崎は何故かホッしたように言った。

「え？　オレと甲斐が付き合ってると、なんか都合が悪いことでもあるのか？」

「まあ、ちょっとな」

オレは首をかしげた。

まあ、いいか。相崎がどう都合悪いのか判らないけど、オレはこいつに恋人のフリまでさせて、甲斐を排除しようとしてたんだから、いつの間にかちゃっかり付き合っていたら、相崎だって気分悪いよな。

「ところで、おまえ、最近付き合い悪いよな？」

「えっ……そうかな」

以前、オレは相崎の部屋なんかによく遊びにいってたんだ。だけど、近頃、夕食前は勉強タイムだし、甲斐が寮自治会の仕事でいないとき以外は、甲斐にベッタリくっついてるもんな。

「この間のことがあるから、僕はおまえの部屋には行きづらいんだ。おまえが僕の部屋に来てくれないとさ」

「ああ、判った。今日、遊びにいくよ」

そうは言ったものの、どうせなら甲斐の傍がいいよなあ。相崎と一緒にいても、甘えられないし、ちょっとつまんない。ていうか、相崎に甘えても仕方ない気がするし。

「絶対来いよ！　約束だからな！」

相崎は妙に真剣な顔をして、オレに無理やり約束すると言わせた。

一体、どうしたんだろうね。毎日、学校で顔を合わせてるんだから、別に寮で会わなくてもいいとオレは思うんだけど。

なんにしても、約束は約束だ。

今日は相崎の部屋に行くことにしよう。

放課後はいつものように甲斐のクラスに寄った。

変な噂が流れているなら、こういうのもやめたほうがいいんだろうか。付き合ってるなんて言われると、やっぱエッチしてるんだーと思われかねないし（実際してるんだけど）、そういう関係だとすると、どう考えてもオレが女役やってるだろーと思われるから、嫌なんだ。

自分がそういう目でみんなに見られてるかと思うと、ゾッとするね。

「なんだ、今日は不機嫌そうな顔してるな。何かあったのか？」

廊下に出てきた甲斐はオレの前髪をいじって、顔を覗き込んだ。

ドキン。

って、甲斐がこんなふうに優しい目をしてるときに顔を近づけられると、どうも弱いんだよ。

「人の髪、気安くいじんなよっ」

照れ隠し半分、人目を気にしてるの半分で、オレは甲斐の手を跳ね除けた。

「あ……」

甲斐が一瞬ビックリしたような表情をしたから、こっちのほうがあわててしまう。

「ごめんっ。そういうつもりじゃなくてさ」

オレは相崎から聞いた噂のことを話した。

「なんだ、そんなこと気にしてたのか」

「いや、だって。気になるだろう？」

甲斐は楽しげに笑った。

「気になるも何も。俺と君、どう考えたって、付き合ってるだろう？」

「ええっ？」

オレは呆然として甲斐の顔を見上げた。

「オレとあんたが付き合ってる……？」

「ああ、自覚なかったのか。傷つくなあ」

甲斐はちょっと淋しげに笑ってみせたりして、ちょっと芝居がかっているような気がする。ってことは、これは冗談なんだよな、きっと。

でも、甲斐は続けて小さな声でこう言ったんだ。

「合意でエッチしてるんだよ。これが付き合ってるんじゃないなら、なんなんだ？」

「なんなんだって言われても……」

自分でも判らないよ。とりあえず、エッチしてるだけ、じゃダメなのかな。

それにしても、甲斐はオレと付き合ってるって言われても、それほどショックじゃないらしい。まあ、甲斐の立場なら、そうかもしれない。オレだって、女役とか思われてるんでなければ、平気な顔してられるだろうしね。

「でもさ、エッチしてるかどうかなんて、周囲の人には判らないだろう？　みんなはオレ達のどこを見て、付き合ってるって噂してるんだろうな」

ホントに不思議だよ。普通、付き合うって言ったら、もっと仲よさげな雰囲気なんだと思うしさ。

オレは幸村先輩と南野のことを思い出した。南野のことはよく知らないし、関心もないけど、付き合ってるっていうなら、ああいう感じじゃないとね。

甲斐はちょっと大げさなくらいに溜息をついた。

「君は本当に鈍感なんだな」

「オレは別に鈍感じゃないよっ」

なんだかムッとして言い返す。

「自分が人からどう見られてるか考えて行動してない証拠だ」

「そんなのっ、あんたは自分で人にどう見られてるか判ってるって言うのか？」

「当然だ。俺はいつだってどういうふうに見られるか意識してるからね」

甲斐は自信満々で言った。

なんだかそれって、すごく嫌な奴っぽいんだけど。完全に予定どおりの行動を取る人間って感じで、冷たいロボットみたいじゃないか。

「いい機会だから、これから、君ももうちょっと周りのことを考えてごらん。自分のことばっかりじゃなくてね」

なんだよっ。オレはオレに優しくしてくれる甲斐の言うことは聞くけど、そんなエラそうに説教する奴の言うことなんか、絶対聞かないもんね。

何が周りのことを考えろ、だよ。オレだってオレなりには、周りのことくらい考えてるよっ。

オレの態度が急に反抗的になったのが判ったのか、甲斐はちょっと困ったように笑って、オレの頬を指でつついた。

「そんなにふくれないで。とにかく……一緒に帰ろう」

甲斐はオレの肩に手をかける。

これだって、甲斐は人からどう見えるか判った上でやってるんだ。つまり、甲斐は恋人同士みたいに見えてしまうことを判ってて、あえてしてるんだよ。

オレは甲斐の手をはねつけた。

「あんたって、本当はすごく悪い奴なんだよ、きっと。オレには想像できないくらい」

「困ったなあ……。まあ、もっと冷静になって考えてみたらいいよ。今は無理みたいだから、別々に帰る?」

オレはなうずきかけたけど、それでいいのかって考えた。

甲斐がいなければ、寮自治会の誰かがオレを見張るわけだし、それよりは甲斐と一緒に帰ったほうがまだしもだ。

「一緒に帰る……」

オレは仏頂面《ぶっちょうづら》で答える。

すると、甲斐はホッとしたような顔で微笑んだんだ。

そんな顔されると、やっぱり弱い。

でも、甲斐が本当はどんな人間なのか、なんだか判らなくなってきてしまった。信じていたわけじゃないけど……。いや、もしかしたら、ちょっとは信じていたのかもしれない。エッチするほど傍にいて、いつもベッタリくっついていたから。

ともかく、オレは甲斐と寮に帰った。

いつもとは違って、黙りこんだままで。

オレは部屋に入ると、着替えをして、勉強道具をそろえた。

「友達の部屋に行ってくるよ。最近、付き合い悪いって、怒られたからさ」

本当は夕食後に行くつもりだったけど、居心地悪いからちょうどいい。今日は相崎の部屋に入り浸ることに決めた。とりあえず、勉強道具を持っていけば、甲斐だって、うるさく言わないだろうって思うしね。実際、相崎の部屋で勉強するかどうかは別にして。

「俺と同じ部屋にいるのが嫌？」

鋭いツッコミを入れられるが、まさかそうだって言うのも、今更できないじゃん。エッチする前は平気で言えたと思うけど、今は言えない。

「本当に付き合い悪いって言われたんだよっ。じゃあな！」

オレはそそくさと部屋を出ていった。

これ以上、同じ部屋にいると、甲斐に引きずられてしまいそうだったからだ。たぶんキスされたら、ずるずるエッチしちゃうだろう。オレの心の中にわだかまりがあったとしてもさ。

だけど、そんな気持ちの中でエッチなんかしたくないから、これでいいんだ。

相崎の部屋をノックすると、すぐにドアが開いて、相崎が嬉しそうに顔を出した。

「早かったな」

「まあ、約束したしね。相崎の信用をなくしたら怖いよ」

オレはもっともらしい理由を言って、中に入る。

「あれ……？　一人？」

相崎だってルームメイトはいる。オレみたいに上級生じゃなくて、同じ一年だけど。

「あ、友達の部屋に行ってる。だから、ゆっくりしてっていいぞ」

「うん……」

別にルームメイトがいたからって、オレは平気だけど。だって、そいつとも顔見知りだったからだ。

オレはソファに腰かけて、勉強道具一式をテーブルに置いた。

「なんだよ、そんなもの持ってきて」

今まで一度だってノート一冊持ってきたことのないオレだったから、相崎は変な目でオレを見た。

「あいつがうるさいんだよ。勉強しろってさ。これ持っていけば、とやかく言われないかなあって思って」

「ふーん。いろいろ大変なんだな」

相崎はオレの隣に腰かけた。

しかし、相崎と二人っきりというのも久しぶりだな。あの恋人のフリ作戦以来かもしれない。そういえば、こいつともキスもどきをしてしまったような……。

今から考えると、あんなもので騒いでた自分を懐かしく思ったりして。

まさかオレが男相手にあんなことしてしまうとは、あのとき、予想もつかないことだったんだよな。

オレは何気なく、自分の持ってきた数学の教科書を手に取った。

「おいおい。本当に勉強する気かあ？」

相崎が呆れたように言った。

「いや、そうじゃないけど……」

ふと、オレは自分がペンケースを部屋に忘れてきたことに気づいた。実際に勉強するわけじゃないんだけど、どうも気になる。

さっきから、甲斐のことばかり考えてるからかな。部屋のことばかりが気になって仕方ないんだ。

甲斐って……。

意外と落ち込みやすい性格してるから。

オレがわざとらしく部屋を出てきたことで、実は傷ついてるかもしれない。

「オレ、忘れ物してた。取ってくるよ」

いきなり立ち上がると、オレは相崎の部屋を飛び出していた。

せめて、さっきはごめんって言ったら、スッキリするかもしれない。こんなふうに胸の中でモヤモヤ抱えっぱなしというのも気持ち悪いからさ。せっかく部屋に遊びにこいよって言ってくれた相崎にも悪いし。

いろいろ理屈をつけて、オレは自分の部屋に向かう途中で、オレはどこからか甲斐の声が聞こえてくるのに気がついた。

もしかして、オレの空耳？　とか思ったけど、実際、甲斐の声だよ。そこの角を曲がったところが幸村先輩の部屋だから、きっと間違いないと思う。

オレはまるでスパイみたいに足を忍ばせて、角からそっと向こうを覗いてみる。

幸村先輩と甲斐が廊下で立ち話をしていた。

「……そういえば、千原君のことで、立川《たちかわ》先生がおまえのことをちょっと褒めていたぞ」

いきなりオレの話だよ。なんだかタイミングがいいような、悪いようなって感じだな。しかも、オレ、盗み聞きしてるし。

「どうせだったら、立川先生には、この間のことを詫びてもらいたいな。寮自治会に対する侮辱《ぶじょく》発言」

甲斐は冗談のように言っていたけど、声にどこか本気っぽい響きが感じられた。

立川……って、確か寮監してたよな。寮自治会に対する侮辱って、一体なんだろう。オレは立川があんまり好きじゃなかったから、甲斐の発言に興味を持った。

立ち聞きはあまりよくないかもしれないけど、向こうが立ち話してるんだから仕方ないよな。という理屈をつけて、聞き耳を立てる。

「侮辱発言とは穏やかじゃないな」

「いや、あれは侮辱だ。幸村はそう思わなかったのか？　たった一人の生徒の寮則違反をやめさせることができないのなら、自治会の力もたかが知れてるって言われたこと。俺は絶対に忘れることができない」

え……？

たった一人の生徒って……オレのことだよな。オレが寮則違反を繰り返してるせいで、そんなことを言われたんだ……。

「まあ、立川先生もあれは悪かったと後悔してるから、おまえのことを褒めていたんだろう。しかし、おまえも思いきったことをしたな。自分がルームメイトになって監視するなんて、そこまでするとは俺も思わなかった」

「捨て身の戦法っていうかね。最初は予想以上に手こずったけど、途中からは楽だったな。じゃじゃ馬馴らしはそれなりに楽しかったよ」

オレは何故だか胸の奥がズキンと痛んだ。

そうだよな……。甲斐はオレの寮則違反をやめさせるために、いろいろ努力してたもんな。最初は厳しくして、それでもダメだったら、キスで脅かして。

そして、それから……。

エッチなんかして、オレを手なずけたんだ。きっと、気弱なふりをしてたのも、あれも手だよ。

馬鹿だ、オレ。甲斐のてのひらの上で踊ってやってるつもりで、本当はやっぱり踊らされていたんだよ……。

浅見が言ってた汚れ役って、こういうことだったのかもな。甲斐は寮自治会の名誉のために、オレの心だって平気で弄ぶんだ。

好きだとか可愛いとかまで言ったくせに。

あんなの、本気で信じていたわけじゃないけど、全部、嘘だったんだ。

そうだよな。甲斐は人からどう見られるのか、計算の上で動いていたんだから。本当はずっと冷静にオレのことを見てたんだよ。

キスされて……それからエッチまでされて、あいつの笑顔や気弱な面にメロメロになっていくオレを見て、どう思ってたんだろう。

オレは今すぐ二人の会話に踏み込んでいって、暴れてやりたかった。よくもオレを騙しやがったなって。でもって、寮則違反なんか二度と守ってやるもんかって言いたかった。

でも……。

涙が出てきて止まらない。

こんな顔を見せたら、それこそ甲斐に馬鹿にされる。

本気であいつのことを信じてたんだって思われてしまうじゃないか。……そんなことないのに。絶対にないのに。

これは悔し涙だ……。

裏切られて悲しいから泣いてるんじゃない。オレは元々、あいつなんか信じてなかったんだからさ。

甲斐と幸村先輩はまだ何か話していたけど、オレの耳には全然入らなかった。オレはそっとその場を離れて、相崎の部屋に戻っていた。

だって、他に行く場所もない。自分の部屋に戻れば、すぐに甲斐と顔を合わせることになるからだ。

オレはとりあえずこの涙を止めなきゃいけないんだ。

「大河！　どうしたんだ？」

相崎はビックリして、オレに駆け寄ってきた。

「な……なんでもない」

涙を拭きながら、とりあえずそう言った。なんでもないなんて顔じゃないのは判ってたけど、傷ついてることを相崎に知られたくなかったんだ。

「とにかく……座れよ」

相崎は戸惑いながらも、オレの肩を抱くようにしてソファに座らせた。

拭いても拭いても涙が止まらない。オレ自身もどうしていいか判らないんだけど、相崎はもっと判らないだろう。

「えーとさ。……とにかく泣きたいときは泣いていいんだ」

相崎は自分の胸のほうにオレを引き寄せた。

オレは相崎ってもっとクールな奴だと思っていたから、そんなふうに優しくされたのが意外だった。

オレは相崎の胸に顔をうずめるようにして、なんとか涙を堪えようとした。泣いていいって言われても、まさか子供みたいに泣きじゃくるわけにもいかないし、オレの受けたショックは、そんなふうに泣いて晴れるものじゃなかった。

相崎はオレの背中を優しく叩いた。

なんだか幼児でもなだめてるみたいだと思ったけど、優しくされてることは判ったから、オレはそのまま相崎にしがみついた。

「……なあ、あいつに何かされたのか？」

オレはそっと首を横に振った。

「じゃあ、何か嫌なこと言われたとか？」

オレはその質問には答えなかったけど、しがみつく手に力がこもったから、相崎にはそれが正解だと判ったはずだ。

「そうか……」

相崎にはオレの本当の状況や気持ちが判るはずはないと思うんだけど、それでもとりあえず優しくしてくれるのは嬉しい。

ああ、オレって……。

優しくしてもらえれば、誰でもいいのかな。

なんだか情けない気もしたけど、今は涙が止まるまでこうしていてもらいたいって思うんだ。

しばらく泣いてると、オレもさすがに落ち着いてきて、ようやく涙が止まった。その代わり、すごく落ち込んでしまったけどね。

「……ごめん、相崎」

オレは相崎にしがみついていた手を離した。

「無理しなくてもいいぞ」

「いや……。みっともないところ見せちゃってさ。オレ、顔洗うから、洗面所借りていい？」

相崎に許可をもらってから、洗面所でバシャバシャと顔に水をかけて、涙の跡を洗い流した。鏡を見たら、もうどうしようもないほど情けない顔になっていたけど、これが今のオレの顔なんだから仕方ないかって気もした。

結局、騙されたオレが馬鹿だったんだよ……。

洗面所を出ると、相崎が自動販売機から缶コーヒーなんかを買ってきてくれていた。

「僕のおごり。気が利いてるだろう？」

「自分で言うなって。でも、サンキュー」

オレと相崎はさっきのように並んでソファに座った。

さんざん泣いたから、水分補給って感じで、オレはおごってもらったコーヒーをぐいぐい飲んだ。

「ヤケ酒みたいだな」

相崎は笑いながらそう言うから、オレもなんだかすごく気が楽になった。どうして泣いたかって、追及されるとつらいからさ。そっとしといてもらえるほうがありがたい。

それからしばらく、オレと相崎はふざけながら、くだらない話をしていた。だけど、夕食の時間が迫ってくると、オレの気分はだんだん落ち込んでいくんだ。

別に甲斐と一緒に夕食を食べるという約束をしてるわけじゃない。でも、しばらくそうだったし、たとえ夕食を別に摂ったとしても、あの部屋に帰らないわけはいかない。あそこはオレの部屋でもあるんだから。

甲斐と顔を合わせるのは、まだつらいのに。

たぶん食堂で会っただけでも、オレは平気な顔をしてられないだろう。泣き出すような真似はしたくないけど、たぶん逃げ出してしまうかもしれない。

でも……だったら、どうすればいいんだろう。

オレが傷ついてるなんて、甲斐に知られたくない。それこそ、馬鹿みたいだ。

「どうしたんだ？」

甲斐のことを考えていたオレに、相崎が尋ねる。

「あ……いや。なんかあいつと顔を合わせたくないなあって思ってさ」

そう言って、ちょっと笑ってみる。

「大河……」

相崎はオレの頭をぐっと抱き寄せた。

「えっ？」

「無理して笑われると、可哀想になってくる」

オレ、そんなに無理してるように笑ってたかなあ。自分では上手く笑えたつもりだったのに。

「なあ、大河……」

相崎はオレに囁くと、頬にキスをしてきた。

「ちょっと……相崎っ」

オレはビックリして身体を離そうとしたけど、上手くいかない。何しろ、オレはクラスで一番背が低くて、一番体重が軽いから。

「僕のほうが、あいつより優しいだろう？」

「え……いや、その……やめろって」

もがけばもがくほど、しっかり抱きしめられていく。気がつくと、ソファに押し倒されてるしっ。

「相崎！　こんなときに冗談はやめろよっ」

「冗談じゃない。あの噂を聞いて、僕はショックだったんだ。大河があんな奴のものになってるなんて……。本当にそうだったらどうしようと思った」

相崎はオレを押さえつけて、今度は唇にキスしてきた。

「わああっ。馬鹿っ。やめろって！」

「今更やめられない。大河はあいつに傷つけられるようなことを言われたんだろう？　だから、そんなに泣いて……」

なんとか唇をガードするものの、相崎はオレの手首をつかんで外してしまった。

「やめろっ。嫌だ……っ」

「僕はおまえを傷つけるようなことはしないから。ずっと……好きだったんだ」

唇が塞がれた。

なんで、こんなことになるんだよ……っ。

涙がまたあふれ出てくる。自分が惨《みじ》めすぎて。

相崎の舌がオレの口の中に入ってこようとしていた。だけど、それだけは嫌だった。優しくしてくれた相崎には悪いけど、オレにはそんな気は全然ないんだから。

オレの頭の中には、まだ甲斐がいる。

認めたくないけど、オレはやっぱりあいつでなきゃ……。

「っ……！」

オレは相崎の舌を噛んでやった。

痛みに飛びのく相崎を押しやって、オレは無事、危機から逃れた。

「ごめんな、相崎。オレはおまえのこと、友達としか思えないからっ」

オレはそう言うと、部屋を後にした。

教科書やノートを忘れてきたことに、部屋を出た後に気がついたけど、今更そんなもののために戻りにくい。どっちにしろ、オレはいい子ちゃんをやめたんだから、あんなもの、どうだっていいけどさ。

オレは自分の部屋には戻れなかった。

だとしたら、オレがすることはたったひとつ。

オレは寮の外に飛び出した。

寮の外は……とっても寒かった。

トレーナー一枚じゃ、夜は過ごせない。というか、夜が明けるまで外をウロウロするなんてことはできないよ。どうせオレがいないって判れば、寮自治会メンバーで捜索《そうさく》されるんだ。

今まで何度かそういうことをしてきたオレには、事の顛末《てんまつ》が見えていた。捕まった後に、寮自治会室に連れていかれて、説教される。今まではそれでも平気だったけど、今のオレにはそれが何よりつらい。

甲斐ともう顔を合わせたくないんだ。

かといって、このまま外にいるわけにもいかない。

オレは悩んだ挙句にこっそり寮に戻った。そして、部屋に戻ってみる。甲斐は夕食を食べにいったのか、部屋にはいなかった。

オレも腹が減ってるんだけど……。

部屋を見回して、オレはクローゼットの中に潜り込んだ。ここなら、朝まで見つからない。ってことは、朝までは甲斐と顔を合わせずに済むってことだ。

だから、オレはそれまでここでじっとしていて、もう甲斐のことで泣いたりしないようにするんだ。

もっとも、朝までオレが見つからなかったら、寮は大騒ぎだし、ひょっとしたら今度こそ退寮ってことになるかもしれない。

そうしたら……。

自動的に退学になって、オレはもう甲斐と会えなくなる……。

胸が痛くなった。でも、そんなの、今更だ。あいつのことなんか、もうオレは忘れるんだから、会えなくなったっていいんだよ。

しばらくして、甲斐が部屋に戻ってきた。

バスルームなんかを見て、オレが戻ってないかどうか確認してるようだけど、当然ながら、見つかるはずもない。やがて、甲斐は部屋を出ていった。

これから、オレの友達の部屋を訪ねて回って……それから、やっぱり外を探すんだろう。

外は寒かったよなあ。みんな、あの寒い中、オレを探すのかな。

オレは心の中でごめんと謝りながら、それでもここから出ていく気にはなれなかった。

今はまだ気持ちが落ち着かない。どうしていいのか、判らないんだ。

オレはいつの間にか、荷物の中でうずくまりながら眠っていた。

ハッと気がつくと、クローゼットが開いて、部屋の明かりが差し込んでいた。

もちろん開いたのは甲斐だ。

目が合うと、むちゃくちゃ怒ってるってのが判る顔をしていた。

「君は……！」

なんだか、まだ朝にはなってないみたいだ。どうしてここがバレたんだろうな。

「外は寒いから、上に羽織るものを着ていこうと思ったら……。こんなところに隠れていたとはね」

そ、そうか……。外は寒いもんな。今日は冷え込んでるもんな。

甲斐はオレをクローゼットから引きずり出した。

「寮自治会室まで来てもらおうか！」

結局はそういう羽目になるんだな。こんなことなら、隠れるより、頭が痛いとか言って、ベッドに潜り込んでればよかったよ。

すでに外を捜索していた自治会メンバーや、幸村先輩、それから甲斐に囲まれて、オレは床に正座をさせられた。つまり、説教タイムってわけだ。特に甲斐はかなり怒ってるらしくて、今日、オレがどれだけ人に迷惑をかけたかについて、しつこく語るんだよ。

オレだって、それくらい判ってる。

だけど、そうしなきゃならないほど、オレはあんたと顔を合わせたくなかったんだって。

オレは涙が出てくるのを必死で堪えるためにうつむいていたけど、それがまた、甲斐には気に食わないようだった。

「そうやってうつむいてるだけじゃダメだろう？　みんなに謝ったら、どうなんだ？」

そりゃあ、オレだって謝りたいのはやまやまだけど、そんなふうに頭ごなしに言われるのが嫌だし、何より口を開けないいんだ。

たぶん口を開いたが最後、オレは泣き出してしまう。

それが判ってるんだから、貝のように口を閉じておくしかなかったんだ。

「甲斐、そこまで厳しく言わなくてもいいだろう」

幸村先輩は途中で甲斐の熱弁をさえぎった。

「だけど……」

「いいから。……千原君。ずっと寮則を守っていた君がこんなことをするのは、理由があってのことだと思うが。よかったら、話してくれないか？」

幸村先輩がそうやって優しく言ってくれるのに、オレはどうしても口を開くことができなかった。

涙が……もうそこまで来てる。

たぶん、まばたきを一回でもしたら零れ落ちるから、目を開いたまま、うつむくしかなった。

「大河君！　理由があるならはっきり言わないと判らないんだ！」

甲斐はオレの頬に手を当てて、無理やり正面に顔を向かせた。

はずみで、ずっと我慢していた涙が零れ落ちていく。

甲斐が驚いたようにオレの涙を見ていた。

「どうせ……あんたは……手なずけてたオレが逆らったから……そんなに怒ってるんだろうっ？　オレのことなんか、なんとも思ってないくせに！　嘘ついて……騙して……あんなことしてっ……。全部、判ってるんだから……」

人前で泣きじゃくりながらこんな恨《うら》み言を言ってるオレって、ガキみたいだ。でも、オレはずっと我慢してたんだから。悪いのは全部、甲斐のほうだ。

「大河君……それは誤解だ」

甲斐がオレのほうに伸ばした手を打ち払った。

「あんたなんか嫌いだぁ！　大っ嫌いなんだから、触るなよっ。あっち行けよぉ！」

グスグス泣いてると、幸村先輩が盛大な溜息をついた。

「甲斐、この子の処分はおまえに任せた。もうこんなことは二度とさせないようにな」

え……？

なんでそんなことになるんだよっ。幸村先輩はオレの味方をしてくれないわけ？　そんなの、ずるいっ。

「大河君。おいで」

甲斐は抵抗するオレを肩に担ぎ上げてしまった。

「馬鹿っ、離せよぉ！」

「おとなしくしなさい」

足をバタバタさせたら、オシリを思いっきり叩かれた。

痛ぇ……。マジで叩いたな、コノヤロー。

「まあ、おしおきはほどほどにな」

幸村先輩は呑気《のんき》そうに言ったけど、オレ、ホントにおしおきされちゃうのか……？

オレはそのままの格好で部屋に連れていかれて、ポンとベッドの上に投げられた。

「何すんだよっ」

オレは起き上がろうとしたけど、甲斐にすばやく上からのしかかられて動けなくなる。

「あのね、大河君。それはこっちのセリフだよ。俺をどれだけ心配させたと思ってるんだ？」

「あんたなんか……。寮自治会の名誉のために、じゃじゃ馬馴らしをしたんだろっ。オレ、幸村先輩と話してるところを聞いたんだからなっ」

言い訳無用とばかりに、オレは甲斐をにらみつけた。

「ああ……あれを聞いたのか。なるほど」

甲斐はちょっと笑った。

「何がおかしいんだよっ。どうせオレなんか単純で馬鹿で騙されやすいよっ。好きだとか可愛いとか言われて……いや、そんなの、全然信じてなかったけどさっ。気がついたら、何もかも、あんたの言いなりになってて……本当に馬鹿みたいだ」

「信じてなかったのに、泣いてるんだ?」

甲斐に濡れた頬を撫でられて、オレは思いっきりプイッと横を向いた。

「ねえ、大河君。最初は確かに自治会の名誉のために、君の押しかけルームメイトになったよ。汚い手もあえて使った。立川先生に馬鹿にされっぱなしじゃ納まらなかったからね。だけど……キスくらいならともかくとして、エッチは好きでなきゃできないよ。いくらなんでも」

甲斐の穏やかな声で語られることを聞いていると、また信じてしまいそうになる。オレは単純だから。

でも……。

本当に信じていいんだろうか。

正直言って、甲斐の本音がどこにあるのか、今のオレにはよく判らなくなっていた。

「あんたの言うことなんて……信じられない。口だけなら、なんとでも言えるだろっ」

「うん。だからね。身体で判ってもらうことにしたんだ」

甲斐は唇に軽くキスしたかと思うと、にっこりと微笑んだ。

「何……言ってるんだよっ。あんた、無茶苦茶だ。普通はもっと相手を口説《くど》くだろうっ？　それをいきなり身体で……って、どういうことだよ？」

オレはムカッときて、甲斐をにらみつけた。

「でも、俺は今までさんざん君を口説いてきたよ。君は信じてなかったらしいけど」

「う……。だけどっ……」

「だいたい、君の口からは何も聞いてない。自分が傷ついた話ばかりするけど、俺の気持ちはどうなるんだろうね。付き合ってるだろうって言っても、違うって言うし。それじゃ、俺と君の間には身体の関係しかないわけかな？」

なんだか判らないけど、矛先《ほこさき》がこっちに回ってきた感じだ。この話の流れだと、オレが甲斐に何か言わなきゃならないような気がするんだけど。

心臓がドキドキしてくる。

オレ……オレ、どうすればいいんだよ。

「正直に言ってほしいな。君は俺のことを単にエッチの相手だと思ってる？」

いや、そういうことを急に訊かれても、心の準備ができてないっていうか……。

甲斐は残念そうな表情になった。

「もしかして、俺はそれ以下？」

「そ……そんなことないっ」

「じゃあ、エッチの相手？」

「そ…うでもない」

苦しい答えをしてる。というか、これって、誘導尋問《ゆうどうじんもん》みたいだ。

「それじゃ、俺は君にとってなんなんだろう？」

「いや、何って訊かれても……。オレ、よく判んないしっ」

甲斐は大げさに溜息をついた。

「そうか。だったら、君の身体に本当のことを訊くしかないね」

甲斐はオレのトレーナーの裾から手を入れた。

「あ……ちょっと！」

「ついでに俺の気持ち、君に教えてあげる」

甲斐はオレの胸を撫でながら、キスをしてきた。

今までの中で一番情熱的なキスで、オレはなんだか眩暈《めまい》までしてくるようだった。だって、息もつけないくらいに何度も何度もキスしてきて、オレの唇を貪るんだ。

これが……甲斐の気持ちなのかな。よく判らないけど。

「他の誰にもこんなことはしない。君だけが可愛いからするんだよ」

甲斐は甘く囁くと、オレの胸にキスをする。

「あ……あっ……」

本当かな。信じていいのかな。

オレだけだって……。オレだけが可愛いからするんだって。

トレーナーを脱がされて、もういろんなところにキスをされる。感じるというより、くすぐったい場所だって、おかまいなしだ。

「こっちも……キスしようか」

甲斐はオレの下半身も裸にしてしまった。そして、オレの勃ってる部分をやわらかく握った。

「君は誰が相手でも、こんなに反応する？」

「そんなこと……ないっ」

オレは無意識のうちにそう答えていた。

甲斐はオレの先端にキスを繰り返す。気持ちよくて、もう腰が勝手に動いてしまうくらいだ。

「じゃあ……俺だけに感じる？」

「うん……あ……あっ」

「君は俺のことが好きなんだ？」

「そうだよっ……」

と、答えてしまってから、ハッと気づく。

甲斐は嬉しそうに微笑んでいた。

「今の……なんか違う。言わせられたって感じだった！」

「じゃあ、もう一回訊くよ。君は俺のことが好き？」

はっきり言って、甲斐は他の答えなんか求めてないんだ。どうしても好きだと言わせたくて、たぶんずっとしつこく訊いてくるだろう。

オレも……そろそろ素直になったほうがいいかもしれないな……。

でも、なんだかすぐに答えるのも、しゃくに障《さわ》るっていうかさ。オレの大事なコクハクなんだから、心して聞けって感じで。

「あんたが……全部脱いだら、答えてやってもいい」

「それなら、いくらだって脱いであげるよ」

甲斐はさっさと脱いでしまった。

オレも裸、甲斐も裸。

これじゃ、なんだかさっきより恥ずかしくなったじゃないかっ。

「さあ、大河君」

甲斐はオレを抱きしめて、答えを要求する。

しかも、顔はオレの顔のすぐ間近。こんなに鼻を突き合わせて、言わないといけないものなのかな……。

半《なか》ば気が遠くなりながらも、約束は約束なので、照れながらも口を開く。

「えーと、あのさ……。好き……かもしれない」

「いや、『かもしれない』はいらないよ。ハイ、もう一度」

「……しつこいなあっ。好きって言ってんだろうっ。もう何度も言わせるな！」

言ってしまってから、見事にもう一度言わせられたことに気づく。

オレって……。

まあ、いいか。甲斐が嬉しそうな顔をしてるからさ。そういう顔されれば、オレだって、甲斐が本当にオレのことを好きだって思ってくれてるのが判る。

「それじゃあ……お礼をしてあげようね」

甲斐は唇にキスした後、オレの下半身にもキスを浴びせかける。

それはもう丁寧《ていねい》に丁寧に……。

そして、キスや愛撫ですっかりオレの身体がとろけた頃、甲斐はオレの中に入ってきた。

「あ……あっ」

いつもよりオレは感じていた。

やっぱり身体だけ、なんて思うより、好きだって言われたり言ったりするほうがいい。

「大河君……好きだよ」

甲斐はオレに今日何度目かのコクハクをする。大サービスだよね。

「オ、オレも……」

「君も?」

甲斐は続きをうながす。

「す、き……」

唇が重なる。

「んんっ……んっ」

もう身体の内も外も快感で満たされていく。

そうして、オレと甲斐はキスしながら昇りつめていったんだ。

オレ達は、しばらくベッドの中でキスしながら抱き合っていた。なんだか、もう離れられないって感じでさ。

「もう……規則を破ったりしないよね？」

「うん……」

なんだか本当に満ち足りた気分だから、わざわざ規則を破りたいとは思わない。それに、寮則を破れば、甲斐とか幸村先輩とか自治会メンバーみんなに迷惑がかかるからね。

「もう絶対しない」

甲斐は軽くチュッとキスをする。

「もし、約束破ったら、今度は本当におしおきするからね」

「えっ？」

オレはビックリして、微笑んでる甲斐の顔を見つめた。

「冗談？」

「いいや、本気」

……本気かもしれない。

甲斐って、優しいけど、どこか怖いところがある。いざとなると、本当に思いきったことをしそうだよ。温情派の幸村先輩にはできないようなことをさ。

でも、だからこそ、寮自治会はバランスが取れてるんだろうけど。

それを、浅見とか腰ぎんちゃくに、いろいろ言われたくないよなあ。きっと本人はその役割りに満足しているんだろうから。

「オレ、約束破らないよ……」

だって、オレは甲斐の……たぶん恋人なんだ。恋人の恥になるようなことは、できないよな。

「でも、ちょっと破ってほしいかも。そしたら、おしおきだって言って、君をベッドの上で泣かせることができるしね」

「何言ってるんだよ……」

充分、泣かせたじゃないか。これ以上、どう泣かせるって言うんだよ。

だけど、そんな無茶苦茶なことを時々言いだすのが、こいつなんだろうなあって思う。

普段は男前で格好よくて、さわやか系で。

それなのに、スケベで無茶苦茶で、ダメなところや怖いところもあるんだ。

それを全部知ってるのはオレだけってことで。

うん。

こういう奴と付き合うのも、悪くない。いや、悪くないどころか、好きなんだけど。

「ねえ、大河君」

甲斐はオレの目の前でにっこり微笑んだ。

あ……。

なんだかちょっと、やーな予感。

「今、約束破らない？」

「はあっ？」

約束破ることを要求して、どうするんだよっ。あんたって馬鹿？

オレは呆れつつ、甲斐の短い髪を指先でつまんで引っ張った。

「もういいよ。好きにすればっ？」

「じゃあ……お言葉に甘えて」

甲斐は嬉しそうにそう言うと、オレを抱きしめた。

そして、ゆっくりと唇を重ねていったんだ。

END

■あとがき■

こんにちは。水島忍《みずしましのぶ》です。

私の五十冊目の本となります『ルール違反も恋のうち』、いかがでしたでしょうか。

この恋のうちシリーズ、なんとなく続編を重ねてるうちに、いつの間にやら四冊目。本当にシリーズっぽくなってきましたね。

で、今回は寮自治会の副会長・甲斐《かい》さんの話です。

甲斐さんはユッキー（幸村《ゆきむら》）と雰囲気《ふんいき》が似た人って感じで、私もそのつもりでいたら、全然違ってました。性格はどっちかっていうと、ユッキーより浅見《あさみ》さまに似てますよね。目的のためなら手段は選ばないし、ある意味、非情だし、子供っぽいところがあるかと思えば、自分のやりたいことは曲げないし。

浅見さまが寝返ってほしいと思うのも無理はないのかも～。浅見さまの腰ぎんちゃく・新藤《しんどう》（副会長）の立場ナシ（笑）。それに気づかずに、新藤が浅見さまの受け売りでユッキーに説教したというのも、また新藤らしく、お馬鹿な話ですね。

そして……私、思ったんですが、甲斐さんはユッキーにプラトニックラブなのでは（たぶん寮自治会のメンバーはみんなそうだと思うけど）。精神的に貢《みつ》いでます、この男。ユッキーのためなら苦労はいとわないようだし、あえてユッキーがしないようなことに手を染めるし、しかし、汚れ役と言われるのは嫌で、ユッキーにそれを知られるのも嫌だという……。男心は複雑（？）。

で、今回主役の大河《たいが》くん。やんちゃで子供っぽく可愛《かわい》いです。泣いてる姿が（私の頭の中で）超ラブリー。手に負えないほどのガキっぷりですが、甲斐さんはじゃじゃ馬馴《な》らしがとっても楽しかったようですね。

イラストのキャララフを見せてもらいましたが、やっぱり可愛い大河くんで、すごく嬉しいのです。そんなわけで、今回も明神《みょうじん》さんの華麗《かれい》なイラストがこの本を飾《かざ》ってくれるのを、楽しみにしてます～。

ところで、今回、私はプチ・スランプで、非常にヤバイ状態でした。かなり苦労したのですが、突然、あるきっかけでスランプからするりと脱け出しまして……。いや、こんなことって、あるんですね（汗）。

というわけで、担当のE田さま、原稿遅れまくりで大変ご迷惑をおかけしました。

では、皆様、次回ラピス（今年晩秋）まで、ごきげんよう。

水島　忍

LAPIS

ルール違反《いはん》も恋《こい》のうち

この作品を読んでのご意見・ご感想をお待ちしております。
水島 忍先生には、下記の住所にて、
「プランタン出版ラピス文庫　水島 忍先生係」まで
明神 翼先生には、下記の住所にて、
「プランタン出版ラピス文庫　明神 翼先生係」まで

著　者——水島 忍（みずしま しのぶ）
挿　画——明神 翼（みょうじん つばさ）
発　行——プランタン出版
発　売——フランス書院
東京都文京区後楽1-4-14　〒112-0004
電話（代表）03-3818-2681
（編集）03-3818-3118
振替　00160-5-93873
印　刷——誠宏印刷
製　本——小泉製本

ISBN4-8296-5286-1　C0193

URL=http://www.printemps.co.jp

作品募集のお知らせ

ラピス文庫ではボーイズラブ系の元気で明るいオリジナル小説＆イラストを随時募集中！

■小説■

- ボーイズラブ系小説で商業誌未発表作品であれば、同人誌でもかまいません。ただしパロディものの同人誌は不可とします。また、ＳＦ・ファンタジー・時代ものは選外と致します。
- 400字詰縦書原稿用紙200枚から400枚以内。ワープロ原稿可（仕様は20字詰20行）。400字詰を1枚とし、通しナンバー（ページ数）を入れ、右端をバラバラにならないようにとめてください。その際、原稿の初めに400～800字程度の作品の内容が最後までわかるあらすじをつけてください。
- 優秀な作品は、当社より文庫として発行いたします。その際、当社規定の印税をお支払いいたします。

■イラスト■

- ラピス文庫の作品いずれか1点を選び、あなたならその作品にどういうイラストをつけるか考え、表紙イラスト（カラー）・作中にあるシーンとＨシーンのモノクロ（白黒）イラストの計3点を、どのイラストにも人物2人以上と背景（トーン不可）を描いて完成させてください。モノクロイラストは作中にあるシーンならどのシーンでもかまいません（イラストはすべてコピー不可）。
- パソコンでのカラーイラストは、CMYK形式のEPSフォーマットで解像度は300dpi以上を目途にMOで郵送してください。モノクロイラストはアナログ原稿のみ受付けております。
- サイズは紙のサイズをＢ５とさせていただきます。
- 水準に達している方には、新刊本のイラストを依頼させていただきます。

◆原稿は原則として返却いたしますので原稿を送付した時と同額の切手を貼り、住所・氏名を書いた返信用封筒を必ず同封してください。

◆どちらの作品にも住所・氏名（ペンネーム使用時はペンネームも）・年齢・電話番号・簡単な略歴（投稿歴・学年・職業等）を書いたものをつけてください。また、封筒の裏側にはリターンアドレス（住所・氏名）を必ず書いてください。

原稿送り先

〒112-0004　東京都文京区後楽 1-4-14
プランタン出版
「ラピス文庫・作品募集」係

ラピスレーベル